日語最強相關用語

王可樂教室嚴選！表達力·語彙量一次滿足

王可樂＋原田千春 老師／著

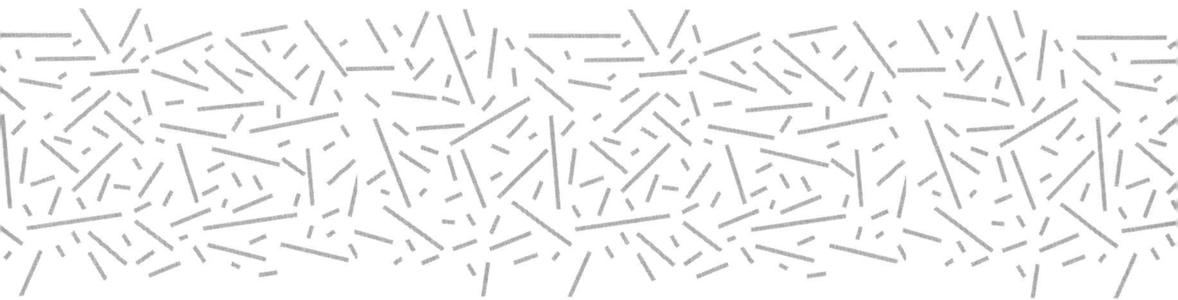

依生活主題分類串聯相關用語，能一次記住大量單字

我在上日文課的時候，有一種怪癖，當講到一個全新的單字時，為了能讓學生快速記住，會故意把單字寫錯再導正，又或者使用有趣的記憶法讓學生印象深刻，例如「羊駝（草泥馬）」的日文是「アルパカ」，我會先跟學生講羊駝傻傻的，也就是「ある（有個）バカ（傻瓜）」，然後再跟學生講「啊，我寫錯了！不是「バ」是「パ」，所以唸「アルパカ」才正確。」不久前，在上N2的中高級文章課程時，講到溫泉文化，文章裡出現一個新單字「桶」，我就跟學生說，台灣有「全家」「7-11」等便利商店，唯一有賣「桶子」的就是「OK便利商店」，因為「桶」的發音就是「おけ（OK）」，雖然這種說明方式有點亂來，但學生都覺得很有趣，而能馬上記住這個單字。

不只我，原田老師也有自己的一套快速記憶單字法，不同的是，他喜歡用單字串單字，一次就讓學生記住一大串，例如「蔦」是「爬牆虎」，是一種會不斷延伸的植物，這就帶出「伝わる」這個字，用來表示文化、謠言等不斷傳播，散布的現象就像「爬牆虎」拓展地盤一樣，接著又分別帶出「綱」「繋ぐ」「繋がる」「常に」等……。原田老師是京都大學畢業的高材生，本身具有深厚的日文底子，加上喜歡做研究，所以在字源考察方面鑽研很深，雖然我也經常思考單字的特性跟由來，但就是做不出如原田老師般的水準。但，無論如何，為了讓學生能夠更快速記住更多的單字，我們兩人都十分努力。

我的單字記憶法非常有趣，能讓人印象深刻卻是缺乏系統的，很難一次記下大量詞彙，而原田老師的字源串連記憶法有效歸有效，卻必須具備一定的日文程度才能吸收，如果想利用來當單字書背單字，也不是很適合；那麼，難道沒有適合初學者，又能一次記下大量單字的相關詞彙書嗎？其實早在出版《搞懂17個關鍵文法，日語大跳級！》跟《日語助詞王：王可樂妙解20個關鍵，日檢不失分》之前，我們就有編寫這本《日語最強相關用語》的想法，而且也確實進行了，幾年前在臉書上分享的人氣帖子「相關用語」就是它最初的原型，但礙於人手不足，加上業務量愈來愈龐大，日語教室成員每個人都變得過於忙碌，幾乎無暇顧及這本書的出版，即便稍有空閒正打算編寫內容時，突然間某個課程的影片又要準備開拍了，這種「好事魔多し」的情況遇到太多次。最後在我們終於把初、中、高級的內部教材全都編好，線上教學影片也全都錄製完畢後，才得以專心編修這本書。

延宕了三年，同類型的書市面上已經出了不少，所以在編寫這本書時，我們特別做了調查，並根據臉書粉絲多年來的提問和反饋，企圖做到兼顧初級者、中高級日文學習者的需要，而選擇以「華人的觀點」看待日常生活的角度編輯這本相關用語，以便跟市面上用日本人觀點寫的單字書做出區隔。例如，我們優先把名詞或短句的中文名稱寫在前面，日文說法則放在後面再搭配上書寫法，相信這樣的編排更適合初學者翻閱或學習用。此外，以生活主題分類來串聯相關用語的作法，對於中高級學習者來說，不管是閱讀、寫作和對話，日語表達力方面也絕對能更上一層樓。比方說，在與日本友人談到最近的生活，以我為例，像是聊到我太太「懷孕」，就會衍生出「準媽媽」在懷孕後會有「害喜」反應，會需要去「婦產科」照「超音波」做檢查，當小孩「心跳的聲音」愈來愈清楚，「胎動」次數也愈來愈頻繁時，就準備要進入「預產期」了，需要向公司請「產假」，做「生產」準備。像這樣以一個生活主題把「準媽媽」「害喜」等相關用語完整地記起來，絕對比隨意亂背單字更輕鬆也更有效率，因為是採用主題一一帶出單字，對於單字組成句子的邏輯概念也會有所提升，能激發日文寫作等表達力。

除此之外，書中還追加了許多實用，卻鮮少被介紹的單字講法，例如眾人茶餘飯後最愛吵嘴的選舉話題，大家知道政客最喜歡舉辦的「造勢大會」，以及造勢時所開出來的「競選承諾」日語該怎麼說嗎？很簡單，分別是「決起集會」跟「公約」，學會了這些與我們生活息息相關的單字或短句，當有日本朋友來訪時，一定能派上用場。

由於這本《日語最強相關用語》是源自於臉書上「相關用語」的帖子，因此加入很多朋友留言希望追加的「會話」「單字發音」等要素，希望每一位喜歡「相關用語」的朋友們不必再按滑鼠右鍵另存圖片檔，而能用書本的方式將整個系列收集在一起，圖片你不一定會打開電腦看，但是這一本《日語最強相關用語》，相信你一定願意翻閱。

遲到了三年多，真的很對不起，謝謝你們願意等我們那麼久。

漫畫賞表

故事人物關係圖（簡単なプロフィール）

本書示範會話是根據生活場域來設定，日本語語法上有親疏之分，一般日文學習參考書都是以敬語為主，然而實際生活中更常使用常體，所以本書特別邀請了春野小姐，以大學生木下加恋的生活為中心，編寫可套用各個單元相關用語的日常對話，為了方便大家更快進入故事的情境安排，在翻開正文之前，先為大家介紹一下書中對話人物的關係，其中木下加恋、山田広輝、宮野早織、川村誠司、佐藤真波、山口香帆、辛蒂・巴頓都念同所大學，除了山口香帆學姊外，其他人都是同屆同學。

部屬關係

藤原部長

（ふじわらぶちょう）

・某商社行銷部部長

・松本佑太的上司

松本佑太

（まつもとゆうた）

・某商社行銷部主任

・松本愛理的丈夫

・喜歡游泳和旅行

菊川小絵

（きくかわさえ）

・中年家庭主婦

・松本愛理的鄰居

・鄰里間出名的熱心親切

其他登場人物

・內科醫師　・診所護士A　・診所護士B

山口香帆

（やまぐちかほ）

・大學生

・木下加恋等人的學姊

・天文社創社元老

・曾到台灣留學過

母親（ははおや）

・性格容易感傷
・專業美容師
・凍齡美魔女
・有兩個女兒，剛晉升阿嬤

辛蒂・巴頓（シンディ・バートン）

・加拿大籍的國際交換學生
・佐藤真波的好朋友
・喜愛日本傳統文化

父親（ちちおや）

・運動用品社社長
・性格開朗，為人海派
・有兩個女兒，剛晉升阿公

朋友

松本愛理（まつもとあいり）

・木下加恋的親姊姊
・松本佑太的妻子，結婚兩年
・歷經懷孕到生產，晉升新手媽媽

佐藤真波（さとうまなみ）

・大學生
・也是加恋的高中同學
・天文社一員
・準備前往加拿大打工度假

母女

父女

同學

夫妻

姊妹

鄰居

好姊妹

宮野早織（みやのさおり）

・大學生
・木下加恋的好朋友
・喜歡做菜，是料理高手
・天文社一員
・性格有點愛操心
・與川村誠司曖昧中

好姊妹

學姊・學妹

木下加恋（きのしたかれん）

・山田広輝的女朋友
・父親是巨人棒球隊的粉絲
・姊姊愛理嫁給松本佑太且冠夫姓
・嗜好觀星，加入天文社
・母親是美容師

朋友（戀人未滿）

戀人

同學

山田広輝（やまだこうき）

・大學生
・木下加恋的男朋友
・動漫迷，常為電競比賽蹺課
・嗜好滑雪和爬山
・性格樂天、愛耍小聰明

好朋友

川村誠司（かわむらせいじ）

・大學生
・山田広輝的好朋友
・天文社一員
・性格老實，勇於負責
・課餘在餐廳打工
・與宮野早織曖昧中

本書使用方法

1

今は結婚前より時間がないから。

跟結婚前比起來，現在沒什麼時間。

今天是
你們結婚一週年吧？
結婚生活有什麼感想？
感想就是
早知道應該跟父母多
說些話。

1.生活劇場

什麼場合，說什麼話！
圍繞木下加恋的日常生活，根據「相關用語」，搭蓋出不同的談話場合幫助深化印象，碰到類似場合時，不加思考就能脫口而出。

2.「主題」相關用語

方便初學者利用：先知道中文字義，再來是日語怎麼說，最後是日文漢字寫法，一步一步從「想說」「會說」「會讀」「會寫」加強日語實力。

父母 相關用語 依中文｜唸法（平假名／片假名）｜寫法（漢字）排列

P3
-01-01

父母	おや	親
雙親	りょうしん	両親
父親	ちちおや	父親

3.相關用語音檔QRCode

由雲端教室廣受好評的美聲老師原田千春錄製，掃描QRCode下載音檔，每個單字和短句會唸兩遍，搭配利用暗記板，即可邊聽邊驗收記憶力喔。

王可樂日語教室嚴選的相關用語，是以主題來羅列單字和短句，例如：在與人談到「自己正在找工作」這件事情時，對談間可能會出現求職、學歷、志趣、履歷表、就業說明會、薪資條件、檢定資格等相關用語，因此本書為使讀者印象深刻，特別設計了故事場景，不只增添學習趣味性，也因為貼近生活，讀著讀著就滲入學習者自己的生活記憶中，而強化印象，同時提高本書實用度。

父母

母親	ははおや	母親（ははおや）
父母身邊	おやもと	親元（おやもと）
父母心	おやごころ	親心（おやごころ）
遺傳自父母的	おやゆずり	親譲り（おやゆずり）
養父母	さとおや	里親（さとおや）

4.「相關用語」索引

從目錄可找到各主題相關用語外，在頁面外側也依顏色區分單元，方便讀者翻翻書頁就索引到想參考的「主題」。

5.會話示範

以日本人日常生活口語（日文常體）示範「主題相關用語」的應用場合，括號色字可搭配「可替換字詞」替換不同用語，進一步深化「生活劇場」印象。

會話示範
括號標示處可以替換成下方所列的適當單字，多練習幾次就記住囉！

川村誠司（かわむらせいじ）　この前（まえ）、アルバイトを【遅刻（ちこく）し】①ちゃったんだ。

我上次打工【遲到】了。

可替換字詞

① 入社（にゅうしゃ）し、会社（かいしゃ）を起（お）こし、上場（じょうじょう）し、結婚（けっこん）し、父親（ちちおや）になっ

（進公司、開公司、公司上市、結婚、當了爸爸）

6.可替換字詞

「會話示範」中括號色字標示處，可以替換不同的類似用詞，多多練習可強化日文口語會話力和聽力。

ないから。
今天是
你們結婚一周年吧？
結婚生活有什麼感想？
おやしらず
おやかた
おやぶん

7. 暗記板利用示範

搭配掃描QRCode播放聲音檔的同時，取用紅色的暗記板覆蓋住相關用語，可有效模糊化中文字義，透過暗記板跟著音檔覆誦日文，邊唸邊考考自己的記憶力。

PART 1 人情

PART 2 感情

PART 5 生活

PART 6　社會

PART 7　娛樂和旅遊

PART 8 顏色和自然

PART 1
人情

1

今(いま)は結婚前(けっこんまえ)より時間(じかん)がないから。

跟結婚前比起來，現在沒什麼時間。

今天是
你們結婚一週年吧？
結婚生活有什麼感想？
感想就是
早知道應該跟父母多
說些話。

父母 相關用語 依中文｜唸法（平假名／片假名）｜寫法（漢字）排列

MP3
1-01-01

父母	おや	親(おや)
雙親	りょうしん	両親(りょうしん)
父親	ちちおや	父親(ちちおや)

母親	ははおや	母親
父母身邊	おやもと	親元
父母心	おやごころ	親心
遺傳自父母的	おやゆずり	親譲り
養父母	さとおや	里親
令尊、令堂	おやごさん	親御さん
關心父母	おやおもい	親思い
孝順	おやこうこう	親孝行
不孝	おやふこう	親不孝
大拇指	おやゆび	親指
智齒	おやしらず	親知らず
師父	おやかた	親方
頭子	おやぶん	親分
手下	こぶん	子分
溺愛子女的父母	おやばか	親馬鹿
母公司	おやがいしゃ	親会社
親生父母	うみのおや	生みの親
養父母	そだてのおや	育ての親
靠父母過活	おやのすねをかじる	親の脛を齧る

兒女不知父母心	おやのこころこしらず	親の心子知らず
父母的庇蔭	おやのななひかり	親の七光り
有其父必有其子	かえるのこはかえる	蛙の子は蛙
歹竹出好筍	とびがたかをうむ	鳶が鷹を生む

結束 相關用語 依中文｜唸法（平假名／片假名）｜寫法（漢字）排列

MP3 1-01-02

結束	おわる	終わる
年關將近	としがくれる	年が暮れる
太陽下山	ひがくれる	日が暮れる
風停	かぜがやむ	風が止む
雨停	あめがあがる	雨が上がる
暴風雨過去	あらしがすぎる	嵐が過ぎる
火熄滅	ひがきえる	火が消える
燒退	ねつがさがる	熱が下がる
寫完	かきあげる	書き上げる
跑完全程	はしりきる	走り切る
賣完	うりきれる	売り切れる
過期	きげんがきれる	期限が切れる

吃不完	たべきれない	食べ切れない
分手	わかれる	別れる
絕交	ぜっこうする	絶交する
甩	ふる	振る
被甩	ふられる	振られる
畢業	そつぎょうする	卒業する
辭職	しごとをやめる	仕事を辞める
被解雇	くびになる	首になる
離職	たいしょくする	退職する
離婚	りこんする	離婚する
存款見底	ちょきんがつきる	貯金が尽きる
關店歇業	みせをしめる	店を閉める
破產	とうさんする	倒産する
去世	なくなる	亡くなる

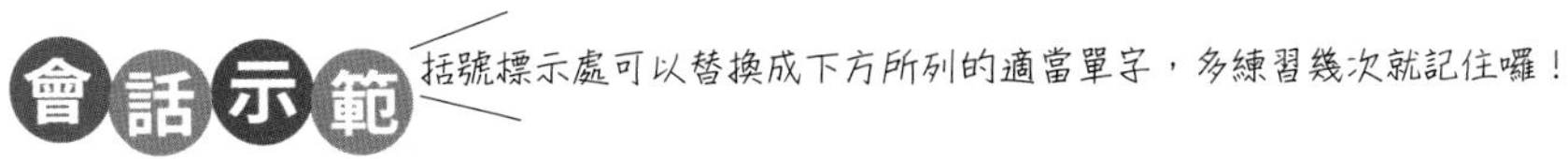

今日で結婚して１年でしょう？結婚生活はどう？

今天是你們結婚一週年吧？結婚生活有什麼感想？

【親】①ともっとたくさん話しておけばよかったなって思う。

感想就是早知道應該跟【父母】多說些話。

きのしたかれん
木下加恋

どうして？今でもすぐに電話とかできるじゃない。

為什麼？現在也隨時可以打電話，不是嗎？

まつもとあいり
松本愛理

そうなんだけどね。今は結婚前より時間がないから。思えば私、あんまり【優しく】②なかったなって。

話是這麼說沒錯，但跟結婚前比起來，現在沒什麼時間。回想起來，我實在是太不【溫柔】了。

可替換字詞

① 両親、父親、母親

（雙親、父親、母親）

② 真心が、思い遣りが、落ち着いてい、素直じゃ、正直じゃ

（真誠、貼心、穩重、率直、老實）

2

やっぱり、出産って大変でしたか。

生孩子一定很辛苦吧？

孩子 相關用語 依中文｜唸法（平假名／片假名）｜寫法（漢字）排列

MP3
1-02-01

中文	唸法	寫法
孩子	こども	子供
老大	うえのこ	上の子
老二	したのこ	下の子

老么	すえっこ	末っ子
兒子	むすこ	息子
女兒	むすめ	娘
子女很多	こだくさん	子沢山
寶貝孩子	こだから	子宝
獨生子	ひとりっこ	一人っ子
乳兒	ちのみご	乳飲み子
鬧脾氣	だだをこねる	駄々をこねる
不聽話的孩子	だだっこ	駄々っ子
淘氣	わんぱく	腕白
野丫頭	おてんば	お転婆
小鬼	がき	餓鬼
孩子王	がきだいしょう	餓鬼大将
神童	しんどう	神童
名門子弟	おんぞうし	御曹司
幼小的心靈	こどもごころ	子供心
小時候	こどものころ	子供の頃
孩子氣	こどもっぽい	子供っぽい
幼稚	こどもじみる	子供染みる

騙小孩的把戲	こどもだまし	子供騙し
有孩子了	こどもができた	子供ができた
孩子出生了	こどもがうまれた	子供が生まれた
小孩子不怕冷	こどもはかぜのこ	子供は風の子

回顧 相關用語 依中文｜唸法（平假名／片假名）｜寫法（漢字）排列

MP3 1-02-02

回顧	ふりかえる	振り返る
從前	むかし	昔
過去	かこ	過去
以前	いぜん	以前
回憶	おもいで	思い出
記憶	きおく	記憶
還記得	おぼえている	覚えている
清楚	はっきり	はっきり
模糊	ぼんやり	ぼんやり
想起來	おもいだす	思い出す
忽然	ふと	ふと
懷念	なつかしむ	懐かしむ

令人懷念的	なつかしい	懐(なつ)かしい
忘記	わすれる	忘(わす)れる
完全	すっかり	すっかり
想不起來	おもいだせない	思(おも)い出(だ)せない
想忘記	わすれたい	忘(わす)れたい
無法忘懷	わすれられない	忘(わす)れられない
後悔	こうかい	後悔(こうかい)
懊悔	くやむ	悔(く)やむ
煩惱	なやむ	悩(なや)む
心情	きもち	気持(きも)ち
轉換	きりかえる	切(き)り替(か)える
整理	せいり	整理(せいり)
反省	はんせい	反省(はんせい)
做總結	しめくくる	締(し)め括(くく)る

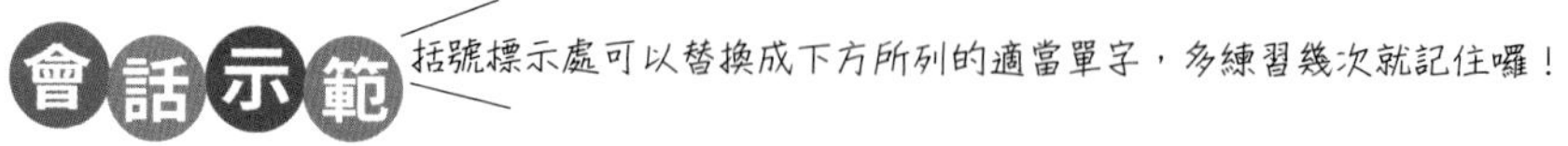
會話示範
括號標示處可以替換成下方所列的適當單字，多練習幾次就記住囉！

まつもとあいり
松本愛理

こんにちは、菊川(きくかわ)さん。

午安，菊川太太。

菊川さん こんにちは。赤ちゃん、もうすぐ生まれる頃でしょう。

午安，孩子快出生了吧？

松本愛理 はい。やっぱり、出産って大変でしたか。

是啊，生孩子一定很辛苦吧？

菊川さん そうねぇ。もう昔のことだから【思い出せない】①わ。

あ、【上の子】②の時は２日もかかったわね。

這個嘛，過了這麼久，我已經【記不得了】。

啊，生【老大】的時候，花了整整兩天呢。

松本愛理 ２日も！？

兩天！？

菊川さん えぇ。でも、子どもが生まれたら、嬉しくて疲れなんてすぐ消えちゃったわ。

是啊。但是孩子一出生，就開心得把疲累都忘光了。

可替換字詞

① 覚えていない、忘れている（想不起來了、忘了）

② 下の子、息子、娘　（老二、兒子、女兒）

3

赤（あか）ちゃんって、いつから寝返（ねがえ）りするの？

寶寶什麼時候會翻身？

姊姊，寶寶
什麼時候會翻身？
唔，應該再過一陣子
就會了。

寶寶 相關用語 依中文｜唸法（平假名／片假名）｜寫法（漢字）排列

MP3
1-03-01

寶寶	あかちゃん	赤（あか）ちゃん
抱	だっこ	抱（だ）っこ
背	おんぶ	おんぶ

尿布	おむつ	お襁褓
奶嘴	おしゃぶり	おしゃぶり
嬰兒車	うばぐるま	乳母車
翻身	ねがえり	寝返り
爬行	はいはい	這い這い
坐	おすわり	お座り
學步車	ほこうき	歩行器
扶著東西站立	つかまりだち	掴まり立ち
走路搖搖晃晃	よちよちあるき	よちよち歩き

養育 相關用語 依中文｜唸法（平假名／片假名）｜寫法（漢字）排列

MP3 1-03-02

養育	そだてる	育てる
扶養	やしなう	養う
養孩子	こどもをそだてる	子供を育てる
帶孩子	こもり	子守
搖籃曲	こもりうた	子守唄
搖籃	ゆりかご	揺り籠
搖動	ゆらす	揺らす

哄	あやす	あやす
使睡覺	ねかす	寝かす
長大	そだつ	育つ
成長	せいちょう	成長
成長茁壯	すくすくとそだつ	すくすくと育つ
斷奶	ちちばなれ	乳離れ
溺愛	できあい	溺愛
寵愛	あまやかす	甘やかす
放任	ほうにん	放任
早熟	ませる	ませる
有大人樣	おとなびる	大人びる
一手拉拔	てしおにかける	手塩にかける
養育成人	いちにんまえにそだてる	一人前に育てる
培育花草	はなをそだてる	花を育てる
養寵物	ペットをかう	ペットを飼う
家犬	かいいぬ	飼い犬
家貓	かいねこ	飼い猫
飼主	かいぬし	飼い主

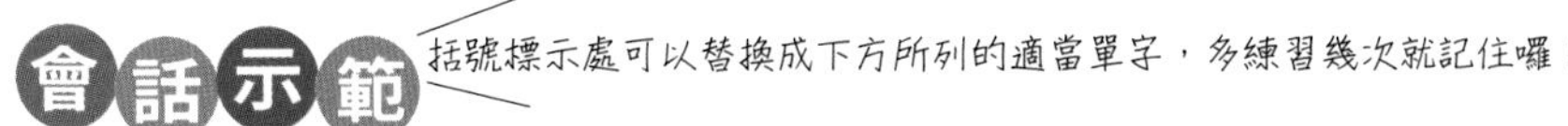
會話示範
括號標示處可以替換成下方所列的適當單字，多練習幾次就記住囉！

木下加恋（きのしたかれん）

ねぇ、お姉（ねえ）ちゃん。

赤（あか）ちゃんって、いつから【寝返（ねがえ）り】①するの？

姊姊，寶寶什麼時候會【翻身】？

松本愛理（まつもとあいり）

うーん、もうちょっとしたらだと思（おも）うわ。

唔，應該再過一陣子就可以了。

木下加恋（きのしたかれん）

あ、泣（な）いちゃった。どうしよう。

啊，寶寶哭了。怎麼辦才好？

松本愛理（まつもとあいり）

【あやして】②あげてくれる？

妳能幫我【哄一哄】嗎？

木下加恋（きのしたかれん）

私（わたし）にできるかな。子（こ）どもを育（そだ）てるって大変（たいへん）ね。

我做得來嗎？養小孩真是辛苦。

可替換字詞

① 這（は）い這（は）い、お座（すわ）り、掴（つか）まり立（だ）ち

（爬行、坐、扶著東西站起來）

② 子守歌（こもりうた）を歌（うた）って、揺（ゆ）り籠（かご）を揺（ゆ）らして、抱（だ）っこして、おんぶして

（唱搖籃曲、推一推搖籃、抱一抱、背起來）

4

まだ思春期(ししゅんき)みたいね。

好像是還在青春期。

年輕 相關用語 依中文｜唸法（平假名／片假名）｜寫法（漢字）排列 MP3 1-04-01

年輕	わかい	若(わか)い
幼小	おさない	幼(おさな)い
幼稚	ようち	幼稚(ようち)

天眞爛漫	あどけない	あどけない
天眞無邪	むじゃき	無邪気（むじゃき）
未經世事	ういういしい	初々しい（ういうい）
年輕人	わかもの	若者（わかもの）
少年	しょうねん	少年（しょうねん）
青年	せいねん	青年（せいねん）
青春	せいしゅん	青春（せいしゅん）
青春期	ししゅんき	思春期（ししゅんき）
叛逆期	はんこうき	反抗期（はんこうき）
青梅竹馬	おさななじみ	幼馴染み（おさななじ）
同年	おないどし	同い年（おな　どし）
同班同學	どうきゅうせい	同級生（どうきゅうせい）
娃娃臉	どうがん	童顔（どうがん）
稚嫩的心靈	おさなごころ	幼心（おさなごころ）
擁有年輕的心	きもちがわかい	気持ちが若い（きも　わか）
未老先衰的人	わかどしより	若年寄り（わかどしよ）
打扮得很年輕	わかづくり	若作り（わかづく）
返老還童	わかがえる	若返る（わかがえ）
朝氣蓬勃／年紀輕	わかわかしい	若々しい（わかわか）

血氣方剛	けっきさかん	血気盛ん
年輕氣盛	わかげのいたり	若気の至り
乳臭未乾	ちちくさい	乳臭い
涉世未深的小伙子	あおにさい	青二才

自大 相關用語 依中文｜唸法（平假名／片假名）｜寫法（漢字）排列

MP3 1-04-02

自大	なまいき	生意気
自傲	ずにのる	図に乗る
囂張	いばる	威張る
以……自居	きどる	気取る
自戀	うぬぼれる	己惚れる
誇耀	おごる	驕る
高傲	こうまん	高慢
傲慢	ごうまん	傲慢
蠻橫	おうへい	横柄
炫耀	これみよがし	これ見よがし
自鳴得意	じこまんぞく	自己満足
自吹自擂	じがじさん	自画自賛

自負	おもいあがる	思い上がる
自以爲是	ひとりよがり	独り善がり
自不量力	みのほどしらず	身の程知らず
強加於人	おしつけがましい	押し付けがましい
我行我素	じぶんかって	自分勝手
賣弄聰明	こざかしい	小賢しい
不聽話	いうことをきかない	言うことを聞かない
頑固	がんこ	頑固
倔強	ごうじょう	強情
盛氣淩人	たかびしゃ	高飛車
冷淡	ぶあいそう	不愛想
令人生氣	しゃくにさわる	癪に障る

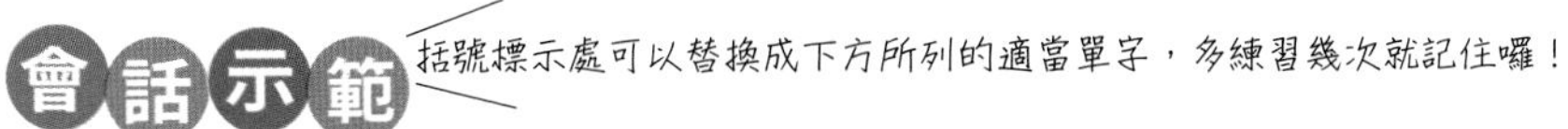
會話示範
括號標示處可以替換成下方所列的適當單字，多練習幾次就記住囉！

まつもとゆうた
松本佑太

今年の新入社員にはまいったよ。

今年的新進職員眞讓人頭大。

まつもとあいり
松本愛理

何かあったの？

發生什麼事了嗎？

松本佑太（まつもとゆうた）

とにかく【幼稚な】①んだ。【生意気だ】②し、すぐに図にのる。

總之實在是太【幼稚】了。而且又【自大】，一下子就得寸進尺。

松本愛理（まつもとあいり）

そうなんだ。まだ【思春期】③みたいね。先輩、頑張って！

原來如此，聽起來像是還在【青春期】。前輩，你要加油。

可替換字詞

① 幼い、無邪気な

（不成熟、天真）

② 気取ってばかりだ、うぬぼれる、高慢だ、横柄だ、思い上がる、自分勝手だ、言うことを聞かない、頑固だ、強情だ、不愛想だ

（愛擺架子、自戀、高傲、蠻橫、自負、我行我素、不聽話、頑固、倔強、態度冷淡）

③ 反抗期

（叛逆期）

5

もう。すぐに尻尾(しっぽ)出(だ)すんだから。

真是的，馬上就露出狐狸尾巴。

加恋，妳真是漂亮。
怎麼了？不必再吹捧了，有什麼想拜託的事就說吧。

美人 相關用語 依中文｜唸法（平假名／片假名）｜寫法（漢字）排列

MP3 1-05-01

美人	びじん	美人(びじん)
美女	びじょ	美女(びじょ)
美麗	うつくしい	美(うつく)しい

漂亮	きれい	綺麗（きれい）
可愛	かわいい	可愛い（かわい）
惹人憐愛	あいくるしい	愛くるしい（あい）
高雅	じょうひん	上品（じょうひん）
端正	たんせい	端正（たんせい）
華麗	はなやか	華やか（はな）
性感	いろっぽい	色っぽい（いろ）
嫵媚	なまめかしい	艶めかしい（なま）
容貌姣好	きりょうがいい	器量がいい（きりょう）
時髦洗鍊	あかぬけている	垢抜けている（あかぬ）
美貌	びぼう	美貌（びぼう）
明眸	すんだひとみ	澄んだ瞳（す・ひとみ）
皓齒	しろいは	白い歯（しろ・は）
瓜子臉	うりざねがお	瓜実顔（うりざねがお）
鼻梁高	はなすじがとおっている	鼻筋が通っている（はなすじ・とお）
五官端正	かおだちがととのっている	顔立ちが整っている（かおだ・ととの）
亭亭玉立	さらりとうつくしい	さらりと美しい（うつく）
容貌秀麗	ようしたんれい	容姿端麗（ようしたんれい）
才貌雙全	さいしょくけんび	才色兼備（さいしょくけんび）

天生麗質	うまれながらのびじん	生まれながらの美人
絕代佳人	ぜっせいのびじょ	絶世の美女
仙女	てんにょ	天女
紅顏薄命	びじんはくめい	美人薄命

騙人 相關用語 依中文｜唸法（平假名／片假名）｜寫法（漢字）排列

MP3 1-05-02

欺騙	だます	騙す
上當	だまされる	騙される
謊言	うそ	嘘
騙人	うそつき	嘘つき
誇大	おおげさ	大袈裟
詐欺	さぎ	詐欺
騙子	さぎし	詐欺師
狡猾	ずるい	狡い
愛吹牛	ほらふき	法螺吹き
冤大頭	かも	鴨
拍馬屁	おせじ	お世辞
陪笑臉	あいそわらい	愛想笑い

虛構的故事	つくりばなし	作り話
假裝	ふりをする	振りをする
假哭	うそなき	嘘泣き
裝病	けびょう	仮病
裝睡	たぬきねいり	狸寝入り
裝乖	ねこをかぶる	猫を被る
隱瞞實際年齡	さばをよむ	鯖を読む
出老千	いんちき	いんちき
考試作弊	カンニング	カンニング
贗品	にせもの	偽物
山寨版	かいぞくばん	海賊版
露出馬腳	しっぽをだす	尻尾を出す
敗露	ばれる	ばれる

會話示範 括號標示處可以替換成下方所列的適當單字，多練習幾次就記住囉！

山田広輝（やまだこうき）：加恋（かれん）って、【きれいだ】①よな。

加恋，妳真是【漂亮】。

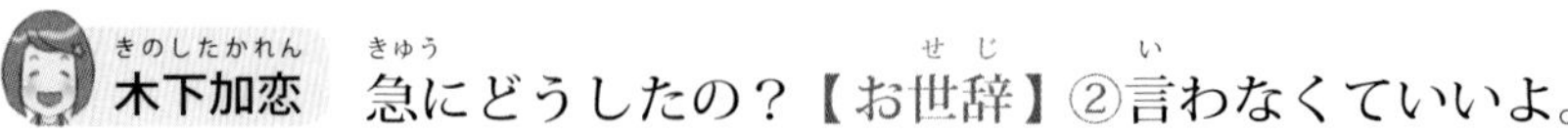

木下加恋（きのしたかれん）：急（きゅう）にどうしたの？【お世辞（せじ）】②言（い）わなくていいよ。

それで、何か頼み事があるんでしょ？

怎麼了？不必再【吹捧】了，有什麼想拜託的事就說吧。

山田広輝 明日の課題、見せてほしいんだけど。

明天的作業能不能分我看？

木下加恋 もう。すぐに尻尾出すんだから。

真是的，馬上就露出狐狸尾巴。

山田広輝 美人だと思ってるのは本当だよ。

我是真的覺得妳很漂亮。

可替換字詞

① かわいい、上品だ、華やかだ、垢抜けている、顔立ちが整っている、容姿端麗だ、才色兼備だ

（可愛、高雅、亮麗、洗鍊、五官端正、容貌秀麗、才貌雙全）

② 嘘、大袈裟に

（說謊、誇大）

6

ほんとの恋（こい）をしたらね、みんな馬鹿（ばか）になるからよ。

真的談起戀愛，每個人都會變笨蛋。

妳喜歡什麼
樣的男生？
唔，最好是聰明
一點的。

笨蛋 相關用語 依中文｜唸法（平假名／片假名）｜寫法（漢字）排列

MP3 1-06-01

笨蛋	ばか	馬鹿（ばか）
傻瓜	あほ	阿呆（あほ）
蠢蛋	まぬけ	間抜け（まぬ）

遲鈍	のろま	鈍間
慢吞吞	ぐず	愚図
笨拙	へっぽこ	へっぽこ
飯桶	へなちょこ	へなちょこ
呆子	おたんこなす	おたんこなす
大草包	いかれぽんち	いかれぽんち
蠢貨	すっとこどっこい	すっとこどっこい
搞笑	たわけ	戯け
慢半拍	うすのろ	薄鈍
愚人	おろかもの	愚か者
二愣子	ぼけなす	惚け茄子
傻蛋	ぼんくら	盆暗
腦袋空空	うつけ	空け
單細胞生物	たんさいぼう	単細胞
窩囊廢	でくのぼう	木偶の坊
呆頭鵝	とうへんぼく	唐変木
無名小卒	ざこ	雑魚
小人物	こもの	小物
白癡	はくち	白痴

不成材	できそこない	出来損(できそこ)ない
不夠格	はんにんまえ	半人前(はんにんまえ)
大而無當的人	うどのたいぼく	うどの大木(たいぼく)
做傻事的人	とんちんかん	頓珍漢(とんちんかん)

聰明 相關用語 依中文｜唸法（平假名／片假名）｜寫法（漢字）排列

MP3 1-06-02

中文	唸法	寫法
聰明	かしこい	賢(かしこ)い
狡猾	ずるがしこい	ずる賢(がしこ)い
腦筋很好	あたまがいい	頭(あたま)がいい
乾脆	はきはきしている	はきはきしている
才智	ちせい	知性(ちせい)
智慧	ちえ	知恵(ちえ)
博學多聞	ちてき	知的(ちてき)
聰明伶俐	りこう	利口(りこう)
好孩子	おりこうさん	お利口(りこう)さん
優等生	ゆうとうせい	優等生(ゆうとうせい)
高材生	しゅうさい	秀才(しゅうさい)
菁英	エリート	エリート

天才	てんさい	天才
樸實無華	プレーン	プレーン
靈巧	きよう	器用
智商	ちのうしすう	知能指数
機智	きちにとむ	機知に富む
機靈	きてんがきく	機転が利く
反應靈敏	めからはなへぬける	目から鼻へ抜ける
頭腦靈活	あたまのかいてんがはやい	頭の回転が速い
思緒清晰	ずのうめいせき	頭脳明晰
才智兼備	さいちにたける	才知に長ける
能文能武	ぶんぶりょうどう	文武 両 道
先見之明	せんけんのめい	先見の明
聞一知十	いちをきいてじゅうをしる	一を聞いて十を知る

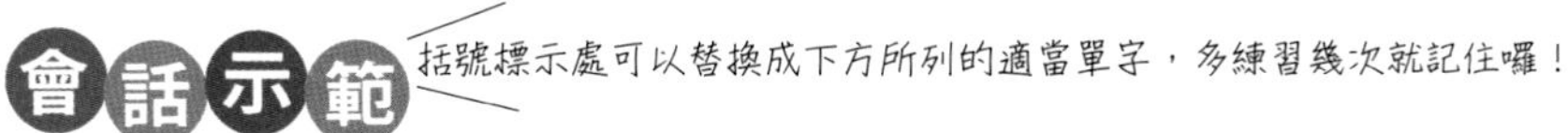

早織は、どんな人がタイプなの？

早織，妳喜歡什麼樣的男生？

うーん、【賢(かしこ)い】①人(ひと)がいいかな。
唔，最好是【聰明的】人。

きのしたかれん
木下加恋

あらあら。そんな人(ひと)、きっと見(み)つからないよ。
哎呀，妳找不到的啦。

みやのさおり
宮野早織

えー、どうして？
為什麼？

きのしたかれん
木下加恋

ほんとの恋(こい)をしたらね、みんな【馬鹿(ばか)】②になるからよ。
真的談起戀愛，每個人都會變成【笨蛋】。

可替換字詞

① 頭(あたま)がいい、はきはきしている、知的(ちてき)な、利口(りこう)な、エリートな、器用(きよう)な、機転(きてん)が利(き)く、頭脳明晰(ずのうめいせき)な、一(いち)を聞(き)いて十(じゅう)を知(し)るよう

（腦筋很好、乾脆的、博學多聞的、聰明伶俐的、菁英、靈巧的、機靈的、思緒清晰的、聞一知十的）

② 阿呆(あほ)、間抜(まぬ)け、へなちょこ、頓珍漢(とんちんかん)

（傻瓜、蠢蛋、飯桶、做傻事的人）

7 口下手(くちべた)だから なかなか切(き)り出(だ)せないんだよ。

口才不好，所以一直說不出口。

你就是宮野同學
煩惱的源頭。
怎麼可能。
你別胡說。

拜託 相關用語 依中文 | 唸法（平假名／片假名） | 寫法（漢字）排列

MP3 1-07-01

拜託	おねがいする	お願(ねが)いする
請求	たのむ	頼(たの)む
要求	もとめる	求(もと)める

哭求	なきつく	泣(な)きつく
央求	ねだる	ねだる
強求	せがむ	せがむ
祈求	ねがう	願(ねが)う
依靠	たよる	頼(たよ)る
呼籲	うったえる	訴(うった)える
懇求	たのみこむ	頼(たの)み込(こ)む
請求	ねがいでる	願(ねが)い出(で)る
請示	しじをあおぐ	指示(しじ)を仰(あお)ぐ
請教	おしえてもらう	教(おし)えてもらう
請假	やすみをもらう	休(やす)みをもらう
居中調解	とりなす	取(と)り成(な)す
求情	ゆるしをこう	許(ゆる)しを請(こ)う
謝罪	つみをわびる	罪(つみ)を詫(わ)びる
委託	いらい	依頼(いらい)
請願	せいがん	請願(せいがん)
邀請	しょうたい	招待(しょうたい)
博取同情	あわれみをこう	哀(あわ)れみを請(こ)う
求助	たすけをもとめる	助(たす)けを求(もと)める

求援	きゅうじょをもとめる	救助を求める
抱歉	すみません	すみません
請您原諒	かんべんしてください	勘弁してください
三顧茅廬	さんこのれい	三顧の礼

說話 相關用語 依中文｜唸法（平假名／片假名）｜寫法（漢字）排列

MP3 1-07-02

說話	はなす	話す
說明	せつめい	説明
說服	せっとく	説得
說教	せっきょう	説教
聊天	おしゃべり	おしゃべり
沉默寡言	むくち	無口
口才不好	くちべた	口下手
口齒流利	すらすらはなす	すらすら話す
低語	ささやく	囁く
耳語	みみうち	耳打ち
悄悄話	ないしょばなし	内緒話
自言自語	ひとりごと	独り言

談論	はなしあう	話し合う
爭吵	いいあう	言い合う
頂嘴	くちごたえ	口答え
怒斥	どなる	怒鳴る
胡說八道	でまかせ	出任せ
說大話	ほらをふく	法螺を吹く
說謊	うそをつく	嘘をつく
空口白話	くちさきだけ	口先だけ
挖苦	ひにくをいう	皮肉を言う
直截了當	たんとうちょくにゅう	単刀直入
再三警告	くちすっぱくいう	口酸っぱく言う
說夢話	ねごとをいう	寝言を言う
有話直說	あけすけにいう	あけすけに言う

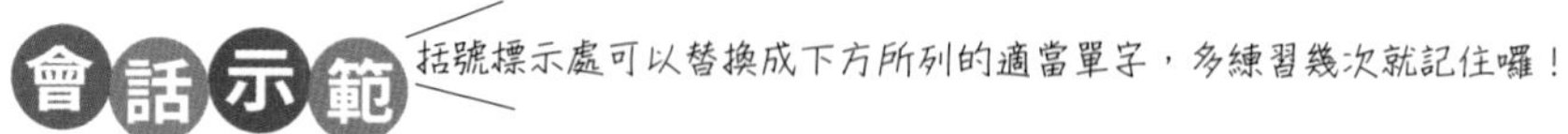
會話示範
括號標示處可以替換成下方所列的適當單字，多練習幾次就記住囉！

かわむらせいじ
川村誠司

宮野(みやの)さん、何(なに)か悩(なや)んでいるみたいなんだ。

大変(たいへん)なら、【頼(たよ)って】①くれたらいいのに。

宮野好像有什麼煩惱。

如果沒辦法解決，為什麼不【找我幫忙】？

山田広輝 彼女、川村くんのことで悩んでるんだよ。

她是因為你的事情在煩惱。

川村誠司 まさか。出まかせ言うなよ。

怎麼可能。你別胡說。

山田広輝 ほんとだよ。宮野さん、【口下手だ】②からなかなか切り出せないんだよ。

是真的，宮野【口才不好】，所以一直說不出口。

可替換字詞

① 泣きついて、助けを求めて

（向我哭訴、向我求助）

② すらすら話せない、単刀直入に言えない

（不太會說話、沒辦法說得直截了當）

8

いつも急いでる気がする。

感覺隨時都在趕時間。

過完年之後，
你好像變得更忙了。

嗯，感覺一直
在趕時間。

忙碌 相關用語 依中文｜唸法（平假名／片假名）｜寫法（漢字）排列

MP3
1-08-01

忙碌	いそがしい	忙（いそが）しい
慌張	あわてる	慌（あわ）てる
趕	いそぐ	急（いそ）ぐ

著急	あせる	焦る（あせ）
繁忙	たぼう	多忙（たぼう）
匆匆忙忙	あわただしい	慌ただしい（あわ）
（事情）多到應接不暇	たてこむ	立て込む（た、こ）
小跑步	こばしり	小走り（こばし）
手忙腳亂	てんてこまい	てんてこ舞い（ま）
忙得團團轉	めがまわる	目が回る（め、まわ）
來不及	まにあわない	間に合わない（ま、あ）
來得及	まにあう	間に合う（ま、あ）
沒有空	じかんがない	時間がない（じかん）
抽空	じかんをつくる	時間を作る（じかん、つく）
忙忙碌碌	あくせく	齷齪（あくせく）
窮忙	びんぼうひまなし	貧乏暇無し（びんぼうひまな）
空閒	ひま	暇（ひま）
累	つかれる	疲れる（つか）
辛苦	つらい	辛い（つら）
疲勞	ひろう	疲労（ひろう）
睡眠不足	ねぶそく	寝不足（ねぶそく）
憔悴	やつれる	窶れる（やつ）

壓力	ストレス	ストレス
自暴自棄	じぼうじき	自暴自棄
藉酒澆愁	やけざけ	自棄酒
靠吃發洩	やけぐい	自棄食い

開始 相關用語 依中文｜唸法（平假名／片假名）｜寫法（漢字）排列

MP3 1-08-02

開始	はじまる	始まる
新年到	としがあける	年が明ける
天亮	よがあける	夜が明ける
開始下雨	あめがふりだす	雨が降り出す
發生意外	じこがおきる	事故が起きる
點火	ひがつく	火が点く
發燒	ねつがでる	熱が出る
感冒	かぜをひく	風邪を引く
醒來	めがさめる	目が覚める
發芽	めがでる	芽が出る
長草	くさがはえる	草が生える
上市	うりだす	売り出す

住院	にゅういんする	入院する
入學	にゅうがくする	入学する
進入公司	にゅうしゃする	入社する
第一次領薪水	しょにんきゅうをもらう	初任給をもらう
開店	かいてんする	開店する
開公司	かいしゃをおこす	会社を起こす
股票上市	じょうじょうする	上場する
一見鍾情	ひとめぼれする	一目惚れする
交往	つきあう	付き合う
結婚	けっこんする	結婚する
懷孕	にんしんする	妊娠する
當媽媽	ははおやになる	母親になる
當爸爸	ちちおやになる	父親になる
孩子出生	こどもがうまれる	子どもが生まれる

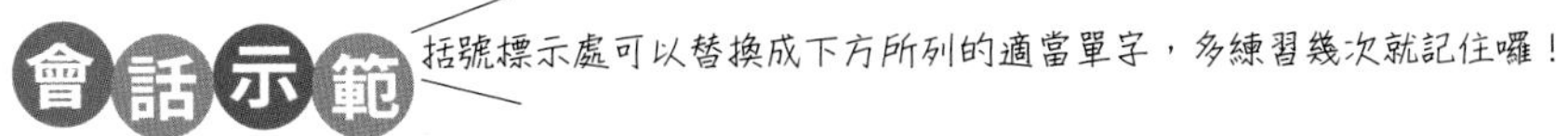

【年が明け】①てから、忙しそうね。

自從【過完年】之後，你好像變很忙。

松本佑太　うん。いつも【急いでる】②気がする。

嗯，感覺隨時都【在趕時間】。

松本愛理　体を壊さないか、心配だよ。

可別忙壞了身子，我真替你擔心。

松本佑太　仕事が落ち着いたら、ゆっくり旅行でも行こうな。

等工作告一段落，好想悠哉地出門旅行。

可替換字詞

① 入社し、会社を起こし、上場し、結婚し、父親になっ

（進公司、開公司、股票上市、結婚、當了爸爸）

② 焦っている、多忙な、慌ただしい、立て込んでいる、小走りしている、てんてこ舞いな、目が回っている、時間がない、齷齪している、疲れてる、寝不足な

（在焦慮、很忙、匆匆忙忙、有忙不完的事、在東奔西跑、手忙腳亂、忙得團團轉、沒有空、忙忙碌碌、很累、睡眠不足）

PART 2
感情

1

わぁ、なんか感動(かんどう)した。

哇，好感動。

姊姊是怎麼決定
要結婚的？
我發現只要心裡
喜歡他，那就夠了。

感動 相關用語 依中文｜唸法（平假名／片假名）｜寫法（漢字）排列

MP3
2-01-01

感動	かんどう	感動(かんどう)
佩服	かんしん	感心(かんしん)
精采	みごと	見事(みごと)

精湛	あざやか	鮮やか
異彩	いさい	異彩
傑作	けっさく	傑作
了不起	すばらしい	素晴らしい
驚人	めざましい	目覚ましい
輝煌	かがやかしい	輝かしい
誇獎	ほめる	褒める
稱讚	ほめたたえる	褒め称える
讚不絕口	べたぼめ	べた褒め
推崇備至	ぜっさん	絶賛
鼓掌喝采	はくしゅかっさい	拍手喝采
流淚	なみだをながす	涙を流す
湧現	こみあげる	込み上げる
印象深刻	いんしょうぶかい	印象深い
動人心弦	きんせんにふれる	琴線に触れる
感動莫名	ぐっとくる	ぐっと来る
內心澎湃	むねにせまる	胸に迫る
觸動內心	むねにひびく	胸に響く
撼動內心	むねをうつ	胸を打つ

無限感慨	かんむりょう	感無量（かんむりょう）
感慨萬千	かんきわまる	感極まる（かんきわ）
幹得好	あっぱれ	天晴（あっぱれ）
不錯	いいね	いいね

決定 相關用語 依中文｜唸法（平假名／片假名）｜寫法（漢字）排列

MP3
2-01-02

決定	きめる	決める（き）
決心	けつい	決意（けつい）
心理準備	かくご	覚悟（かくご）
馬上決定	そっけつ	即決（そっけつ）
當下立斷	けつだん	決断（けつだん）
英明判斷	えいだん	英断（えいだん）
獨斷	どくだん	独断（どくだん）
斷念	おもいきる	思い切る（おも　き）
決心去做	ふみきる	踏み切る（ふ　き）
勇氣	ゆうき	勇気（ゆうき）
勇敢	ゆうかん	勇敢（ゆうかん）
選擇	えらぶ	選ぶ（えら）

選舉	せんきょ	選挙
多數決定	たすうけつ	多数決
保留	ほりゅう	保留
拖延	さきのばし	先延ばし
擱置	たなあげ	棚上げ
優柔寡斷	ゆうじゅうふだん	優柔不断
猶豫不決	ためらう	躊躇う
猶豫	ちゅうちょ	躊躇
磨磨蹭蹭	ぐずぐずする	ぐずぐずする
畏縮	たじろぐ	たじろぐ
畏怯	ひるむ	怯む
不情不願	しぶる	渋る
躊躇不前	にのあしをふむ	二の足を踏む
牆頭草	ひよりみ	日和見

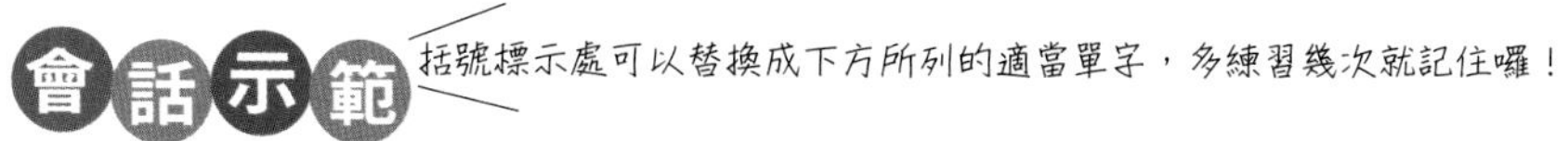

お姉ちゃんは、どうして結婚を決めたの？

姊姊是怎麼決定要結婚的？

松本愛理（まつもとあいり）：プロポーズされた時（とき）、最初（さいしょ）はなかなか【決断（けつだん）できなかった】①のよ。

剛被求婚的時候，我一直【無法下決心】呢。

木下加恋（きのしたかれん）：じゃあ、どうして？

既然是這樣，怎麼會答應了？

松本愛理（まつもとあいり）：難（むずか）しく考（かんが）えすぎてたって気付（きづ）いたの。彼（かれ）が好（す）きって気持（きも）ちだけで、充分（じゅうぶん）だった。

因為我發現自己想太多了。只要心裡喜歡他，那就夠了。

木下加恋（きのしたかれん）：わぁ、なんか【感動（かんどう）した】②。

哇，好【感動】。

① 覚悟（かくご）できなかった、踏（ふ）み切（き）れなかった、先延（さきの）ばしにしていた、躊躇（ちゅうちょ）した、ぐずぐずしていた

（不敢答應、遲疑不定、遲遲不答應、猶豫不決、拖拖拉拉）

② ぐっと来（き）た、胸（むね）に響（ひび）いた

（感動莫名、觸動內心）

2

うーん、いつからかな。

唔，我也忘了從什麼時候開始。

我也是，沒想到山田會説他喜歡我。
我聽到你們開始交往時，吃了一驚呢。

喜歡 相關用語 依中文｜唸法（平假名／片假名）｜寫法（漢字）排列

MP3 2-02-01

喜歡	すき	好(す)き
喜歡上	すきになる	好(す)きになる
好喜歡	だいすき	大好(だいす)き

談戀愛	こいする	恋する
愛	あいする	愛する
疼愛	かわいがる	可愛がる
有意思	きがある	気がある
受到吸引	ひかれる	引かれる
傾心	おもいをよせる	思いを寄せる
一見鍾情	ひとめぼれ	一目惚れ
單戀	かたおもい	片思い
兩情相悅	りょうおもい	両思い
失戀	しつれん	失恋
犯相思	こいこがれる	恋焦がれる
相思病	こいのやまい	恋の病
感情好	なかよし	仲良し
甜甜蜜蜜	ラブラブ	ラブラブ
幸福	しあわせ	幸せ
嚮往	あこがれる	憧れる
粉絲	ファン	ファン
愛慕	したう	慕う
尊敬	そんけい	尊敬

懷念	なつかしい	懐(なつ)かしい
想念	こいしい	恋(こい)しい
愛吃的東西	こうぶつ	好物(こうぶつ)
著迷	めがない	目(め)がない

吃驚 相關用語 依中文｜唸法（平假名／片假名）｜寫法（漢字）排列

MP3
2-02-02

吃驚	おどろく	驚(おどろ)く
害怕	こわがる	怖(こわ)がる
嚇一跳	びっくりする	びっくりする
畏縮	たじろぐ	たじろぐ
可惡	くそっ	くそっ
哇賽	うわっ	うわっ
懷疑	うたがう	疑(うたが)う
不可能	ありえない	あり得(え)ない
身體發麻	しびれる	痺(しび)れる
傻眼	あきれる	呆(あき)れる
驚慌	めんくらう	面食(めんく)らう
震驚	ぎょうてんする	仰天(ぎょうてん)する

不敢置信	しんじられない	信じられない
意想不到	おもいがけない	思いがけない
出其不意	ふいをつく	不意をつく
屏住呼吸	いきをのむ	息を呑む
雙眼圓睜	めをまるくする	目を丸くする
張口結舌	ぜっく	絶句
目瞪口呆	あっけにとられる	呆気にとられる
嚇破膽	どぎもをぬく	度肝を抜く
腿軟	こしをぬかす	腰を抜かす
昏倒	きをうしなう	気を失う
意外	いがい	意外
出乎意料	よそうがい	予想外
膽小	おくびょう	臆病
膽小的人	こわがり	怖がり

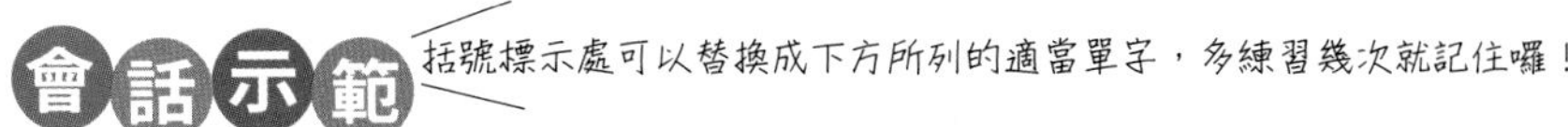
會話示範
括號標示處可以替換成下方所列的適當單字，多練習幾次就記住囉！

宮野早織（みやのさおり）

加恋（かれん）って、いつから山田君（やまだくん）のこと好（す）きだったの？

いつも【仲良（なかよ）し】①だよね。

加恋，妳是從什麼時候開始喜歡山田的？妳們一直【感情很好】呢。

木下加恋（きのしたかれん）

うーん、いつからかな。

唔，我也忘了從什麼時候開始。

宮野早織（みやのさおり）

付（つ）き合（あ）い始（はじ）めたって聞（き）いた時（とき）は、【驚（おどろ）いた】②よ。

我剛聽到你們開始交往時，【吃了一驚】呢。

木下加恋（きのしたかれん）

私（わたし）も。

まさか山田君（やまだくん）から好（す）きって言（い）われるとは予想外（よそうがい）だった。

我也是，沒想到山田會說他喜歡我。

可替換字詞

① ラブラブ、幸（しあわ）せそう

（非常恩愛、看起來很幸福）

② びっくりした、仰天（ぎょうてん）した、信（しん）じられなかった

（嚇了一跳、相當驚訝、簡直不敢相信）

3

ありがとう。運（うん）がよかったのよ。

謝謝，我只是運氣好。

山口學姊，恭喜妳
求職獲得內定。
謝謝，
我只是運氣好。

幸運 相關用詞 依中文｜唸法（平假名／片假名）｜寫法（漢字）排列

MP3
2-03-01

幸運	こううん	幸運（こううん）
運氣	うん	運（うん）
好運	うんがいい	運（うん）がいい

走運	ついている	ついている
奇蹟	きせき	奇跡
鮮少	まれ	稀
難得	めずらしい	珍しい
偶然	ぐうぜん	偶然
碰巧	たまたま	たまたま
命運	うんめい	運命
緣分	えん	縁
機緣	めぐりあわせ	巡り合わせ
湊巧	ちょうど	ちょうど
僥倖	まぐれ	紛れ
幸運兒	しあわせもの	幸せ者
意外之財	もうけもの	儲け物
意外的收穫	ほりだしもの	掘り出し物
因禍得福	けがのこうみょう	怪我の功名
喜從天降	たなからぼたもち	棚から牡丹餅
搭順風車	おいかぜにのる	追い風に乗る
恩惠	めぐみ	恵み
及時雨	めぐみのあめ	恵みの雨

機緣巧合	わたりにふね	渡りに船
絕處逢生	じごくにほとけ	地獄に仏
撿回一條命	いのちびろい	命拾い
九死一生	きゅうしにいっしょうをえる	九死に一生を得る

努力 相關用語 依中文｜唸法（平假名／片假名）｜寫法（漢字）排列

MP3
2-03-02

努力	どりょく	努力
認眞	まじめ	真面目
勤勉	きんべん	勤勉
不休息	やすまず	休まず
不懈怠	たゆまず	弛まず
孜孜不倦	こつこつ	こつこつ
專心	ひたむき	ひたむき
默默地	もくもくと	黙々と
竭盡所能	せいいっぱい	精一杯
拿出全力	ぜんりょくをつくす	全力を尽くす
拚命	いっしょうけんめい	一生懸命
用力	ちからをいれる	力を入れる

用功	よくべんきょうする	よく勉強する
決心	けっしん	決心
目標	もくひょう	目標
以……為目標	めざす	目指す
挑戰	ちょうせん	挑戦
堅持	つづける	続ける
達成	たっせい	達成
實現	じつげん	実現
成果	せいか	成果
結果	けっか	結果
完成	なしとげる	成し遂げる
得到回報	むくわれる	報われる
要加油	がんばれ	頑張れ
會加油	がんばる	頑張る

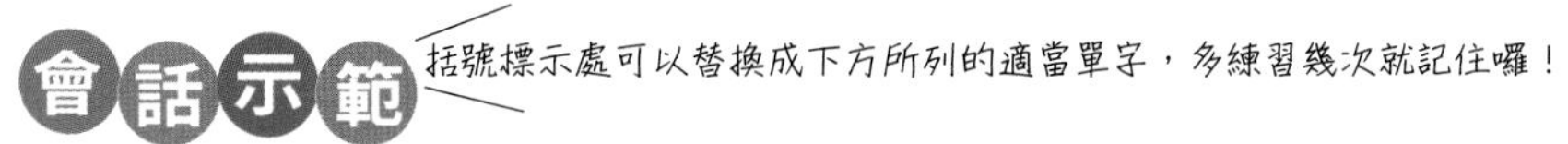
會話示範
括號標示處可以替換成下方所列的適當單字，多練習幾次就記住囉！

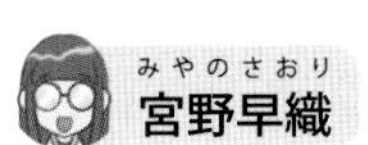
みやのさおり
宮野早織

山口先輩、就職内定おめでとうございます。

山口學姊，恭喜妳求職獲得內定。

ありがとう。【運がよかった】①のよ。

謝謝，【我只是運氣好】。

いやいや、先輩はいつも【真面目に】②努力されていましたから。

沒那回事，學姊一直【很認真】。

あの会社と縁があったのかなって思うわ。

可能是我跟那間公司有緣吧。

可替換字詞

① 幸運だった、ついてた、たまたま、まぐれ

（我很幸運、運氣不錯、只是碰巧而已、只是僥倖）

② 弛まず、こつこつ、黙々と、一生懸命、目標達成のために

（努力不懈、孜孜不倦、默默耕耘、拚命、為達成目標而努力）

4

すご<ruby>く悲<rt>かな</rt></ruby>しい。

覺得好難過。

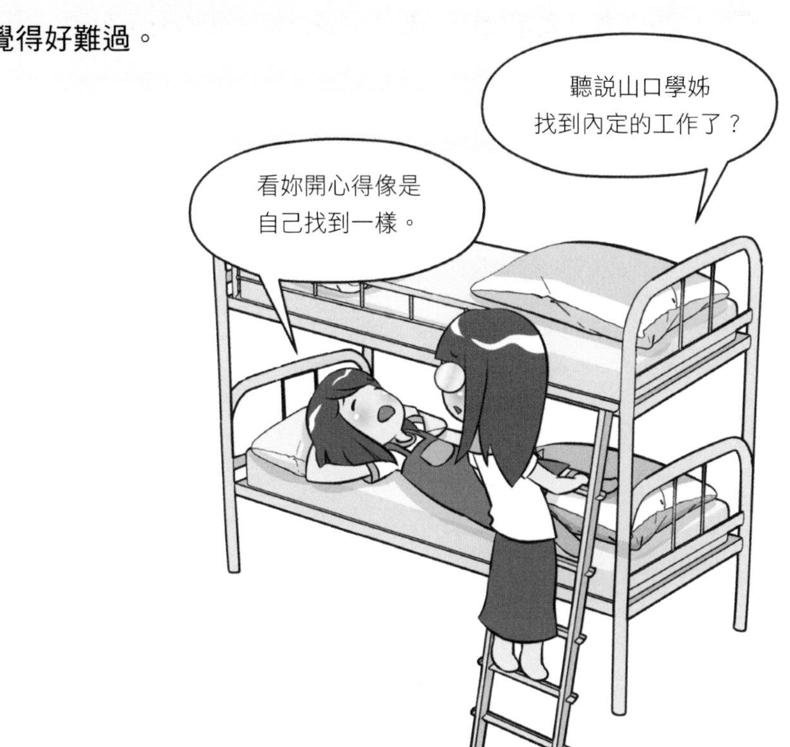

聽說山口學姊
找到內定的工作了？
看妳開心得像是
自己找到一樣。

高興 相關用語 依中文｜唸法（平假名／片假名）｜寫法（漢字）排列

MP3
2-04-01

開心	うれしい	嬉しい（うれ）
高興	たのしい	楽しい（たの）
愉快	ゆかい	愉快（ゆかい）

滿意	まんぞく	満足
感激	かんげき	感激
興奮	こうふん	興奮
心怦怦跳	ドキドキする	ドキドキする
喧鬧	はしゃぐ	はしゃぐ
雀躍	こおどり	小躍り
得意洋洋	うちょうてん	有頂天
樂不可支	うれしくてたまらない	嬉しくてたまらない
稱心如意	ねがったりかなったり	願ったり叶ったり
感謝	かんしゃ	感謝
驕傲	ほこりにおもう	誇りに思う
值得感謝	ありがたい	有難い
求之不得	ねがってもない	願ってもない
非常幸運	みょうりにつきる	冥利に尽きる
喜極而泣	うれしなき	嬉し泣き
喜悅	よろこび	喜び
期待	たのしみ	楽しみ
滿懷興奮	むねがおどる	胸が躍る
心情大好	じょうきげん	上機嫌

暗自竊笑	ほくそえむ	ほくそ笑む
還不錯	まんざらでもない	満更でもない
一臉得意	ドヤがお	ドヤ顔

寂寞 相關用語 依中文｜唸法（平假名／片假名）｜寫法（漢字）排列

MP3
2-04-02

寂寞	さびしい	寂しい
孤單	こどく	孤独
離開	はなれる	離れる
分開	わかれる	別れる
失去	うしなう	失う
悲傷	かなしい	悲しい
難過	せつない	切ない
傷心	きずつく	傷付く
空虛	むなしい	虚しい
沮喪	おちこむ	落ち込む
死心	あきらめる	諦める
消沉	めいる	滅入る

絕望	ぜつぼう	絶望
被排擠	なかまはずれにされる	仲間外れにされる
無法融入	うちとけられない	打ち解けられない
孤單一人	ひとりぼっち	独りぼっち
留戀	みれん	未練
牽掛	こころのこり	心残り
捨不得離開	わかれがたい	別れ難い
依依不捨	なごりおしい	名残惜しい
戀戀不捨	うしろがみをひかれる	後ろ髪を引かれる
不肯死心	あきらめきれない	諦め切れない
不肯認輸	おうじょうぎわがわるい	往生際が悪い
鬱鬱寡歡	やるせない	遣る瀬無い
悲從中來	ものがなしい	物悲しい
嘆氣	ためいき	溜め息

括號標示處可以替換成下方所列的適當單字，多練習幾次就記住囉！

山口先輩、内定もらったんだって。

聽說山口學姊找到內定的工作了？

木下加恋（きのしたかれん）

自分（じぶん）のことみたいに【嬉（うれ）しそう】①ね。

看妳【開心】得像是自己找到一樣。

宮野早織（みやのさおり）

うん。でも、もうすぐ先輩（せんぱい）が卒業（そつぎょう）するかと思（おも）うと、すごく【悲（かな）しい】②。

嗯，可是一想到學姊快要畢業了，又覺得好【難過】。

木下加恋（きのしたかれん）

卒業（そつぎょう）しても、山口先輩（やまぐちせんぱい）なら時々大学（ときどきだいがく）に遊（あそ）びに来（き）てくれるんじゃない？

就算畢業了，山口學姊應該還是會常常回大學來玩吧？

可替換字詞

① 興奮（こうふん）している、有頂天（うちょうてん）、はしゃいでいる、喜（よろこ）んでいる

（興奮、得意洋洋、喧鬧、高興）

② 寂（さび）しい、切（せつ）ない、落（お）ち込（こ）む

（寂寞、難過、沮喪）

5

なんとかなるって。

船到橋頭自然直啦。

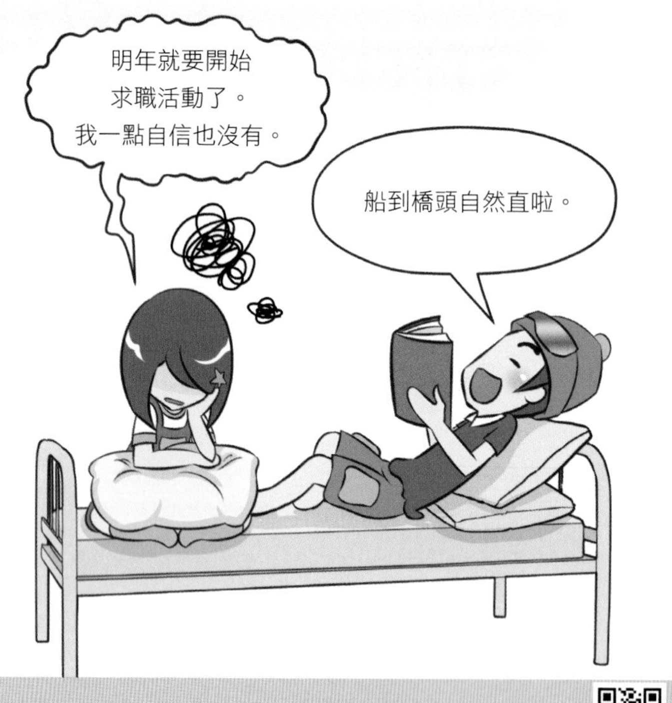

明年就要開始
求職活動了。
我一點自信也沒有。
船到橋頭自然直啦。

笑 相關用語 依中文｜唸法（平假名／片假名）｜寫法（漢字）排列

MP3
2-05-01

笑	わらう	笑う（わら）
笑臉	えがお	笑顔（えがお）
笑容	えみ	笑み（え）

酒窩	えくぼ	靨
幽默	ユーモア	ユーモア
惡作劇	いたずら	悪戯
可笑	おかしい	可笑しい
微笑	ほほえむ	微笑む
笑嘻嘻	ニコニコわらう	ニコニコ笑う
哈哈笑	ゲラゲラわらう	ゲラゲラ笑う
奸笑	ニタニタわらう	ニタニタ笑う
噴飯	ふきだす	吹き出す
大笑	おおわらい	大笑い
放聲大笑	ばくしょう	爆笑
捧腹	おなかをかかえる	お腹を抱える
捧腹大笑	ほうふくぜっとう	抱腹絶倒
哄堂大笑	どっとわらう	どっと笑う
開玩笑	じょうだんをいう	冗談を言う
滑稽	こっけい	滑稽
答非所問	とんちんかん	頓珍漢
痛快	つうかい	痛快
一笑置之	わらいとばす	笑い飛ばす

嘲笑	あざわらう	嘲笑う
瞧不起人的笑容	ふてきなえみ	不敵な笑み
笑掉人家大牙	かたはらいたい	片腹痛い
滑稽至極	しょうしせんばん	笑止千万

信心 相關用語 依中文｜唸法（平假名／片假名）｜寫法（漢字）排列

MP3
2-05-02

信心	じしん	自信
決心	かくご	覚悟
耐心	こんき	根気
信念	しんねん	信念
膽量	どきょう	度胸
自豪	ほこり	誇り
好強	かちき	勝ち気
骨氣	きがい	気概
熱情	じょうねつ	情熱
自尊心	プライド	プライド
相信	しんじる	信じる
堅信	かたくしんじる	固く信じる

對抗	たちむかう	立ち向かう
堅持	つらぬく	貫く
不氣餒	めげない	めげない
不會輸	まけない	負けない
深信不疑	うたがわない	疑わない
不屈	ふくつ	不屈
百折不撓	ななころびやおき	七転び八起き
挺胸	むねをはる	胸を張る
抬起頭	かおをあげる	顔を上げる
充滿自信	じしんまんまん	自信満々
從容不迫	よゆうしゃくしゃく	余裕綽々
自戀	うぬぼれ	自惚れ
自滿	おもいあがる	思い上がる
自卑	ひくつ	卑屈

括號標示處可以替換成下方所列的適當單字，多練習幾次就記住囉！

来年、もう就職活動だね。私、自信ないなぁ。

明年就要開始求職活動了。我一點自信也沒有。

山田広輝

なんとかなるって。

船到橋頭自然直啦。

木下加恋

山田君、漫画読んで【笑ってる】①場合じゃないと思うんだけど。

山田，現在應該不是看著漫畫【呵呵笑】的時候了。

山田広輝

来年になったら、頑張るよ。

明年我就會努力了。

木下加恋

その【自信満々な】②ところ、羨ましいくらいよ。

真羨慕你那【自信滿滿】的個性。

可替換字詞

① ゲラゲラ笑う、ニタニタ笑う、吹き出す、大笑いしている、爆笑している、お腹を抱える

（哈哈笑、奸笑、噴飯、大笑、放聲大笑、捧腹）

② 自分を固く信じている、自分を疑わない、余裕綽々

（極度自信、對自己深信不疑、從容不迫）

6

嫌（いや）になるね。

很討厭。

昨天晚上，隔壁鄰居在吵架，吵得我根本沒法睡。
早織，怎麼了？妳看起來很累。

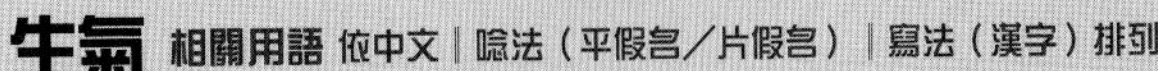

生氣 相關用語 依中文｜唸法（平假名／片假名）｜寫法（漢字）排列

生氣	おこる	怒（おこ）る
發怒	はらがたつ	腹（はら）が立（た）つ
惱火	あたまにくる	頭（あたま）に来（く）る

鬧情緒	ふてくされる	不貞腐れる
不說話	だまる	黙る
焦躁	イライラする	イライラする
壞話	わるぐち	悪口
背後說壞話	かげぐち	陰口
嘴硬	へらずぐち	減らず口
挖苦	ひにく	皮肉
瞪	にらむ	睨む
咂嘴	したうち	舌打ち
口角	くちげんか	口喧嘩
爭吵	いいあらそい	言い争い
大聲	おおごえ	大声
喊叫	さけぶ	叫ぶ
罵	ののしる	罵る
打架	けんか	喧嘩
扭打	つかみあう	掴み合う
打	たたく	叩く
揍	なぐる	殴る
踢	ける	蹴る

甩耳光	ビンタ	ビンタ
勸架	ちゅうさいする	仲裁(ちゅうさい)する
原諒	ゆるす	許(ゆる)す
和好	なかなおり	仲直(なかなお)り

討厭 相關用語 依中文｜唸法（平假名／片假名）｜寫法（漢字）排列

MP3 2-06-02

討厭	きらい	嫌(きら)い
不喜歡	すきじゃない	好(す)きじゃない
不高興	ふかい	不快(ふかい)
憎恨	にくむ	憎(にく)む
嫉妒	ねたむ	妬(ねた)む
怨恨	うらむ	恨(うら)む
詛咒	のろう	呪(のろ)う
可惡	にくらしい	憎(にく)らしい
可恨至極	にくたらしい	憎(にく)たらしい
懷恨	ねにもつ	根(ね)に持(も)つ
眼中釘	めのかたき	目(め)の敵(かたき)
不願意	いやがる	嫌(いや)がる

覺得棘手	にがて	苦手
嫌惡	けんお	嫌悪
不愉快	ふゆかい	不愉快
噁心	はきけがする	吐き気がする
膩	あきる	飽きる
生厭	いやになる	嫌になる
厭煩	いやけがさす	嫌気がさす
厭棄	あいそをつかす	愛想を尽かす
刺耳	みみざわり	耳障り
礙眼	めざわり	目障り
裝模作樣	きざ	気障
莫名厭惡	けぎらい	毛嫌い
莫名討厭	むしがすかない	虫が好かない

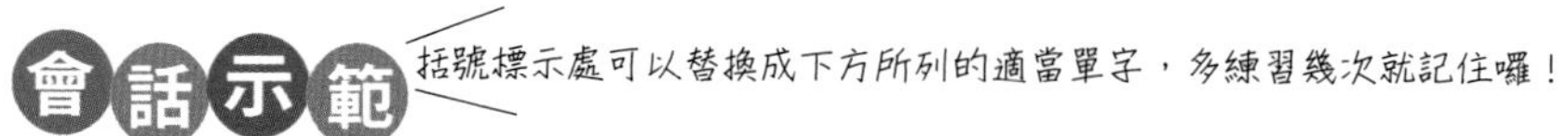

早織、どうしたの？疲れた顔してる。

早織，怎麼了？妳看起來很累。

宮野早織：昨日の夜、隣の部屋に住んでる人が【喧嘩して】①いて、うるさくて眠れなかったの。

昨天晚上，隔壁鄰居【在吵架】，吵得我根本沒辦法睡。

木下加恋：それは、【嫌】②になるね。

那一定很【討厭】。

宮野早織：うん。知らない人だから仲裁にも行けないし、私までイライラしちゃった。

嗯，因為不認識，沒辦法去當和事佬，連我也心浮氣躁。

可替換字詞

① 口喧嘩して、言い争いして、大声を出して

（發生口角、在爭吵、在大小聲）

② 不快、不愉快、耳障り

（不高興、不愉快、刺耳）

7

また喧嘩（けんか）したの？

又吵架了？

紛擾 相關用語 依中文｜唸法（平假名／片假名）｜寫法（漢字）排列

MP3 2-07-01

麻煩	めんどう	面倒（めんどう）
非常麻煩	めんどうくさい	面倒臭い（めんどうくさ）
麻煩死了	しちめんどうくさい	七面倒臭い（しちめんどうくさ）

繁瑣	わずらわしい	煩(わずら)わしい
受夠了	うんざり	うんざり
打擾	めいわく	迷惑(めいわく)
妨礙	じゃま	邪魔(じゃま)
棘手	やっかい	厄介(やっかい)
費事	てま	手間(てま)
不費事	てまじゃない	手間(てま)じゃない
順便	ついで	ついで
添麻煩	めんどうをかける	面倒(めんどう)をかける
給您添麻煩	ごめんどうをおかけします	ご面倒(めんどう)をおかけします
懶惰	なまける	怠(なま)ける
懶骨頭	なまけもの	怠(なま)け者(もの)
睡懶覺	ねぼう	寝坊(ねぼう)
懶得寫信	ふでぶしょう	筆不精(ふでぶしょう)
粗魯	がさつ	がさつ
邋遢	みっともない	みっともない
散漫	だらしない	だらしない
馬虎	いいかげん	いいかげん
草率	ぞんざい	ぞんざい

逃學	がっこうをサボる	学校をサボる
敷衍	ごまかす	誤魔化す
偷工減料	てをぬく	手を抜く
偷懶	あぶらをうる	油を売る
抗議	こうぎ	抗議
異議	いぎ	異議
拒絕	きょひ	拒否
反對	はんたい	反対
不滿	ふまん	不満
不支持	ふしじ	不支持
訴求	うったえ	訴え
要求	ようきゅう	要求
請願	せいがん	請願
捍衛到底	まもりぬく	守り抜く
徹底地	てっていてきに	徹底的に
堅決主張	かたくしゅちょうする	固く主張する
團結	だんけつ	団結
堅持	こじ	固持
號召	よびかける	呼びかける

聚集	あつまる	集まる
包圍	とりかこむ	取り囲む
靜坐	すわりこむ	座り込む
推擠	おしあう	押し合う
衝突	しょうとつ	衝突
抗爭	こうそう	抗争
衝入	とつにゅう	突入
占據	せんきょ	占拠
堵住	ふさぐ	塞ぐ
路障	バリケード	バリケード
示威	デモ	デモ

純善 相關用語 依中文｜唸法（平假名／片假名）｜寫法（漢字）排列

MP3 2-07-02

溫柔	やさしい	優しい
親切	しんせつ	親切
溫和	おんわ	温和
敦厚	おんこう	温厚
和氣	おだやか	穏やか

溫順	しおらしい	しおらしい
心胸寬大	かんよう	寛容（かんよう）
誠意	まごころ	真心（まごころ）
優雅	じょうひん	上品（じょうひん）
仔細	ていねい	丁寧（ていねい）
內斂	つつましい	慎ましい（つつ）
體貼	おもいやり	思い遣り（おも や）
文靜	しずか	静か（しず）
冷靜	おちついている	落ち着いている（お つ）
客氣	ひかえめ	控え目（ひか め）
內向	うちき	内気（うちき）
臉皮薄的人	はずかしがりや	恥ずかしがり屋（は や）
聽話	おとなしい	大人しい（おとな）
率眞	すなお	素直（すなお）
誠實	しょうじき	正直（しょうじき）
純眞	じゅんすい	純粋（じゅんすい）
樸素	そぼく	素朴（そ ぼ く）
隨和	ひとづきあいがよい	人付き合いがよい（ひと づ あ）
仁慈	なさけぶかい	情け深い（なさ ぶか）

純善

好相處　　うちとけやすい　　打(う)ち解(と)けやすい

好親近　　したしみをかんじる　　親(した)しみを感(かん)じる

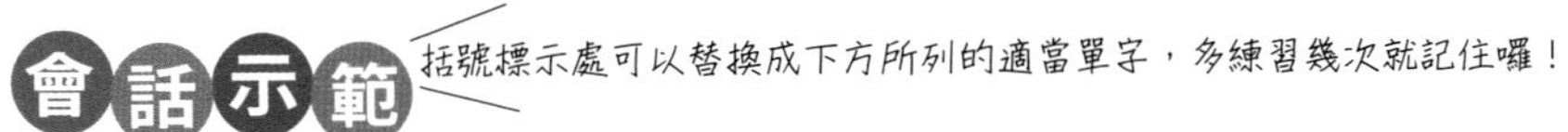
會話示範
括號標示處可以替換成下方所列的適當單字，多練習幾次就記住囉！

木下加恋(きのしたかれん)
山田君(やまだくん)ともう別(わか)れようかな。
乾脆跟山田分手算了。

宮野早織(みやのさおり)
また喧嘩(けんか)したの？
你們又吵架了？

木下加恋(きのしたかれん)
だって、何(なん)でも面倒(めんどう)くさがるし、【怠(なま)け者(もの)だ】①し……。
他這個人不管什麼事都嫌麻煩，又【很懶散】……

宮野早織(みやのさおり)
でも、いいところもたくさんあるでしょう？
但他也有很多優點，不是嗎？

木下加恋(きのしたかれん)
うーん、確(たし)かに【優(やさ)しい】②し、素直(すなお)だし、
誰(だれ)とでもすぐ打(う)ち解(と)けるけど……。
嗯，他確實很【溫柔】，不做作，跟任何人都能處得來……

宮野早織(みやのさおり)
たくさんあるじゃない。
已經很多了，不是嗎？

可替換字詞

① すぐ寝坊(ねぼう)する、がさつだ、だらしない、いいかげんだ

（常睡過頭、太粗線條、很散漫、得過且過）

② 親切(しんせつ)だ、温和(おんわ)だ、穏(おだ)やかだ、思(おも)い遣(や)りがある、落(お)ち着(つ)いている、正直(しょうじき)だ、純粋(じゅんすい)だ

（親切、溫厚、和氣、體貼、冷靜、耿直、單純）

PART 3
身體和健康

1

どうしたの？

怎麼了？

上次山田說過，
他不喜歡太瘦的女生。
山田又說
我「很胖」。

頭 相關用語 依中文｜唸法（平假名／片假名）｜寫法（漢字）排列

MP3 3-01-01

中文	唸法	寫法
頭	あたま	頭（あたま）
頭目	ボス／かしら	ボス／頭（かしら）
低頭	うつむく	俯（うつむ）く

點頭	うなずく	頷(うなず)く
頭腦好	あたまがいい	頭(あたま)がいい
生氣	あたまにくる	頭(あたま)にくる
按人數均分	あたまわり	頭割(あたまわ)り
不容分說	あたまごなし	頭(あたま)ごなし
光說不練	あたまでっかち	頭(あたま)でっかち
死腦筋	いしあたま	石頭(いしあたま)
到達極限	あたまうち	頭打(あたまう)ち
劈頭就……	あたまから	頭(あたま)から
回頭看	ふりかえる	振(ふ)り返(かえ)る
頭痛	あたまがいたい	頭(あたま)が痛(いた)い
抬頭	あたまをあげる	頭(あたま)を上(あ)げる
抬不起頭來	あたまがあがらない	頭(あたま)が上(あ)がらない
道歉	あたまをさげる	頭(あたま)を下(さ)げる
佩服	あたまがさがる	頭(あたま)が下(さ)がる
趾高氣昂	ずがたかい	頭(ず)が高(たか)い
絞盡腦汁	あたまをしぼる	頭(あたま)を絞(しぼ)る
傷腦筋	あたまをかかえる	頭(あたま)を抱(かか)える
剃光頭	あたまをまるめる	頭(あたま)を丸(まる)める

湊齊人數	あたまかずをそろえる	頭数（あたまかず）を揃（そろ）える
首字母	かしらもじ	頭文字（かしらもじ）
保留頭尾的魚	おかしらつき	尾頭付（おかしらつ）き
骷髏	どくろ	髑髏（どくろ）

胖瘦 相關用語 依中文｜唸法（平假名／片假名）｜寫法（漢字）排列

MP3 3-01-02

胖	ふとる	太（ふと）る
胖嘟嘟的	ふくよか	ふくよか
圓滾滾的	ぽっちゃり	ぽっちゃり
肥胖	ひまん	肥満（ひまん）
有點福態	こぶとり	小太（こぶと）り
胖子	でぶ	でぶ
瘦	やせる	痩（や）せる
瘦竹竿	やせっぽち	痩（や）せっぽち
骨瘦如柴	やせこける	痩（や）せこける
瘦到皮包骨	がりがり	がりがり
苗條	すらりとしている	すらりとしている
穿衣顯胖	きぶとり	着太（きぶと）り

穿衣顯瘦	きやせ	着痩せ
節食	ダイエット	ダイエット
脂肪	しぼう	脂肪
贅肉	ぜいにく	贅肉
大腿	ふともも	太もも
小腹	したばら	下腹
難瘦	やせにくい	痩せにくい
易胖	ふとりやすい	太り易い
體型	からだつき	体つき
不胖不瘦	ちゅうにく	中肉
不高不矮	ちゅうぜい	中背
強壯	たくましい	たくましい
纖細	きゃしゃ	華奢

胖瘦

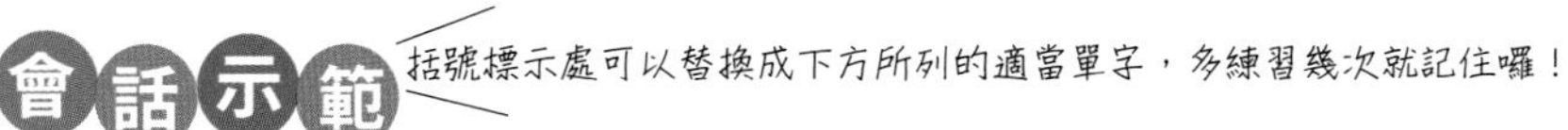
會話示範
括號標示處可以替換成下方所列的適當單字，多練習幾次就記住囉！

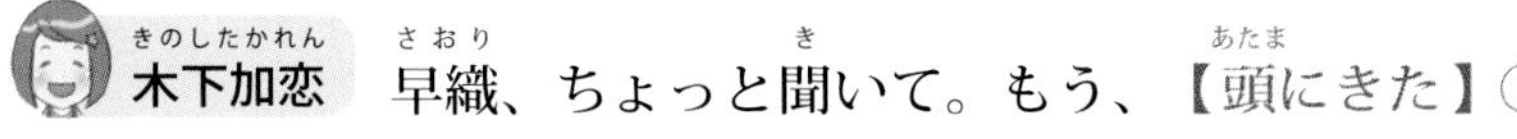
きのしたかれん
木下加恋

早織（さおり）、ちょっと聞（き）いて。もう、【頭（あたま）にきた】①。

早織，妳聽我說，【真是氣死我了】。

宮野早織

どうしたの？

怎麼了？

木下加恋

山田君が、また「太った」って言ったの。

山田又說我「很胖」。

宮野早織

前に山田君、【痩せてる】②人は好きじゃないって言ってたよ。

上次山田說過，他不喜歡【太瘦】的女生。

木下加恋

えー、そうなの？
でも、今度言ったら【頭を丸めてもらう】③から！

咦？真的嗎？但他下次如果再講這種話，我就【要他把頭髮剃光】！

可替換字詞

① 頭打ち、頭が痛い、頭を抱える　（到達極限、頭痛、傷腦筋）

② 痩せっぽちな、がりがりな、華奢な　（瘦巴巴、皮包骨、纖細）

③ 頭が上がらない、頭を下げる　（抬不起頭、道歉）

2

最近(さいきん)、よく疲(つか)れるんだよね。

最近我常覺得好累。

妳要上課、打工又要玩，
可能是太累了。
不能別人一邀妳就都好啊。
最近我常覺得
好累。

脖子 相關用語 依中文｜唸法（平假名／片假名）｜寫法（漢字）排列

MP3
3-02-01

脖子	くび	首(くび)
喉嚨	のど	喉(のど)
項鍊	ネックレス	ネックレス

脖子

項圈	くびわ	首輪（くびわ）
手腕	てくび	手首（てくび）
喉結	のどぼとけ	喉仏（のどぼとけ）
懸雍垂	のどちんこ	喉（のど）ちんこ
解雇	くびにする	首（くび）にする
被解雇	くびになる	首（くび）になる
迷戀上	くびったけになる	首（くび）ったけになる
工作難保	くびがあぶない	首（くび）が危（あぶ）ない
工作差點不保	くびがつながる	首（くび）が繋（つな）がる
縮起脖子	くびをすくめる	首（くび）を竦（すく）める
懷疑	くびをかしげる	首（くび）を傾（かし）げる
引頸期待	くびをながくする	首（くび）を長（なが）くする
債台高築	くびがまわらない	首（くび）が回（まわ）らない
參與	くびをつっこむ	首（くび）を突（つ）っ込（こ）む
點頭	くびをたてにふる	首（くび）を縦（たて）に振（ふ）る
搖頭	くびをよこにふる	首（くび）を横（よこ）に振（ふ）る
口渴	のどがかわく	喉（のど）が渇（かわ）く
卡在喉嚨裡	のどにつかえる	喉（のど）に支（つか）える
喉嚨哽住	のどがつまる	喉（のど）が詰（つ）まる

嗓音沙啞	のどがつぶれる	喉(のど)が潰(つぶ)れる
潤喉	のどをうるおす	喉(のど)を潤(うるお)す
渴望得到	のどからてがでる	喉(のど)から手(て)が出(で)る

肩膀 相關用語 依中文｜唸法（平假名／片假名）｜寫法（漢字）排列

MP3 3-02-02

肩膀	かた	肩(かた)
披肩	ショール	ショール
肩寬	かたはば	肩幅(かたはば)
頭銜	かたがき	肩書(かたが)き
墊肩	かたパッド	肩(かた)パッド
騎在肩上	かたぐるま	肩車(かたぐるま)
四兩撥千斤	かたすかし	肩透(かたす)かし
垂肩	なでがた	撫(な)で肩(がた)
聳肩	いかりがた	怒(いか)り肩(がた)
偏袒	かたをもつ	肩(かた)を持(も)つ
援助	かたをかす	肩(かた)を貸(か)す
肩膀痠痛	かたがこる	肩(かた)が凝(こ)る
按摩肩膀	かたをもむ	肩(かた)を揉(も)む

搥肩膀　かたをたたく　肩を叩く
披上　かたにかける　肩に掛ける
扛在肩上　かたにかつぐ　肩に担ぐ
氣餒　かたをおとす　肩を落とす
聳肩　かたをすくめる　肩を竦める
袒護　かたをいれる　肩を入れる
勢均力敵　かたをならべる　肩を並べる
呼吸困難　かたでいきをする　肩で息をする
擺架子　かたひじをはる　肩肘を張る
沒臉見人　かたみがせまい　肩身が狭い
盛氣凌人　かたをいからせる　肩を怒らせる
得意洋洋　かたでかぜをきる　肩で風を切る
卸下重擔　かたのにがおりる　肩の荷が下りる

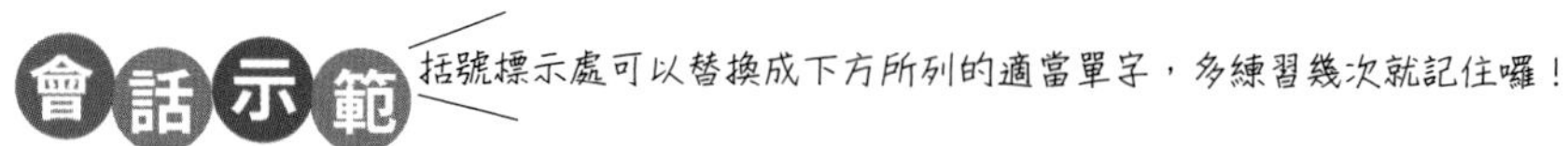

最近、よく疲れるんだよね。

最近我常覺得好累。

母親（ははおや）

大学（だいがく）にアルバイトに遊（あそ）びに……ちょっと忙（いそが）しすぎるんじゃないの。お誘（さそ）い全部（ぜんぶ）に【首（くび）を縦（たて）に振（ふ）っちゃ】①だめよ。

妳要到大學上課，還要打工跟遊玩……可能是太勞累了。

不能別人一邀約妳就全部【點頭】喔。

木下加恋（きのしたかれん）

でも、欲（ほ）しいネックレスあるし、アルバイトはやめられないしなぁ。

但我想買一條項鍊，不能辭掉打工。

母親（ははおや）

今（いま）に【首（くび）が回（まわ）らなくなる】②わよ。

ほら、ちょっと肩（かた）を【揉（も）んで】③あげるわ。

這樣下去一定會【忙不過來】的。

好吧，我幫妳【揉一揉】肩膀。

可替換字詞

① 首（くび）を長（なが）くする　（引頸期盼）

② 肩（かた）が凝（こ）る　（肩膀痠痛）

③ 叩（たた）いて　（搥一搥）

3

手作りのものがいいかな。

最好是親手做的。

如果有人
要送你禮物，
你希望收到什麼樣的？
這個嘛，
最好是親手做的。

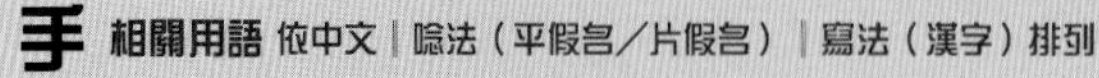

手 相關用語 依中文｜唸法（平假名／片假名）｜寫法（漢字）排列

MP3
3-03-01

中文	唸法	寫法
手	て	手
信	てがみ	手紙
戲法	てじな	手品

幫助	てつだう	手伝う
手工	てづくり	手作り
手續	てつづき	手続き
耽誤	ておくれ	手遅れ
拿手的	おてのもの	お手のもの
線索	てがかり	手掛かり
絕招	おくのて	奥の手
手掌	てのひら	掌
手背	てのこう	手の甲
牽手	てをつなぐ	手を繋ぐ
握手	てをにぎる	手を握る
合掌	てをあわす	手を合わす
舉手	てをあげる	手を挙げる
得到	てにいれる	手に入れる
失手	てをすべらす	手を滑らす
棘手	てをやく	手を焼く
費工夫	てまがかかる	手間がかかる
請高抬貴手	おてやわらかに	お手柔らかに
治療傷口	きずのてあて	傷の手当て

保養汽車	くるまのていれ	車の手入れ
價錢公道	てごろなねだん	手頃な値段
翻臉	てのひらをかえす	掌を返す
忙得不可開交	ねこのてもかりたい	猫の手も借りたい

腳 相關用語 依中文｜唸法（平假名／片假名）｜寫法（漢字）排列

MP3
3-03-02

腳	あし	足
腳印	あしあと	足跡
腳步聲	あしおと	足音
一隻腳	かたあし	片足
雙腳	りょうあし	両足
腳下	あしもと	足元
踏步	あしぶみ	足踏み
跑步	かけあし	駆け足
躡手躡腳	しのびあし	忍び足
腳趾頭	あしのゆび	足の指
翹二郎腿	あしをくむ	足を組む
跑得快	あしがはやい	足が速い

去	あしをはこぶ	足(あし)を運(はこ)ぶ
受到阻礙	あしどめをくう	足止(あしど)めを食(く)う
不再去	あしがとおのく	足(あし)が遠(とお)のく
常去	あししげくかよう	足繁(あししげ)く通(かよ)う
腳步輕快	あしどりがかるい	足取(あしど)りが軽(かる)い
追蹤	あしどりをたどる	足取(あしど)りを辿(たど)る
扯後腿	あしをひっぱる	足(あし)を引(ひ)っ張(ぱ)る
礙手礙腳	あしでまとい	足手纏(あしでまとい)
無情對待	あしげにする	足蹴(あしげ)にする
金盆洗手	あしをあらう	足(あし)を洗(あら)う
超出預算	あしがでる	足(あし)が出(で)る
最下級的武士	あしがる	足軽(あしがる)
膝蓋	ひざ	膝(ひざ)
彎	まげる	曲(ま)げる
發抖	ふるえる	震(ふる)える
腳踝	あしくび	足首(あしくび)
扭	ひねる	捻(ひね)る
腳踝兩側突出之骨	くるぶし	踝(くるぶし)
撞到	ぶつける	打(ぶ)つける

腳

大腿枕	ひざまくら	膝枕 ひざまくら
發麻	しびれる	痺れる しび
脛部	すね	脛 すね
小腿肚	ふくらはぎ	脹ら脛 ふく はぎ
抽筋	つる	攣る つ
肌肉拉傷	にくばなれ	肉離れ にくばなれ
腳尖	つまさき	爪先 つまさき
腳跟	かかと	踵 かかと
腳背	あしのこう	足の甲 あし こう
腳掌	あしのうら	足の裏 あし うら
腳掌心	つちふまず	土踏まず つちふ
扁平足	へんぺいそく	偏平足 へんぺいそく
根部	つけね	付け根 つ ね
胯部／褲襠	また	股 また
阿基里斯腱	アキレスけん	アキレス腱 けん
O 型腿	オーきゃく	O 脚 オーきゃく
X 型腿	エックスきゃく	X 脚 エックスきゃく

腳

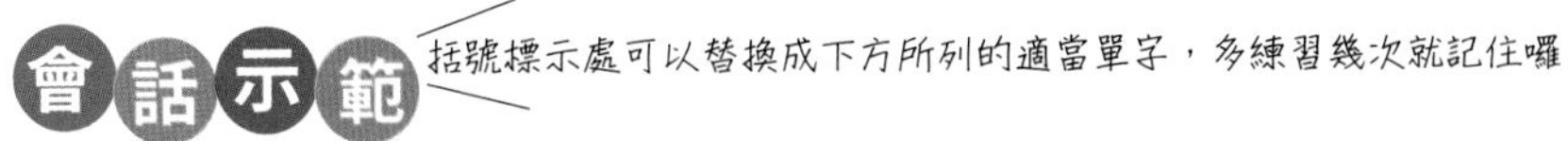

プレゼントされるなら、どんなものがいい？

如果有人要送你禮物，你希望收到什麼樣的？

そうだなぁ。【手作(てづく)りのもの】①がいいかな。

這個嘛，最好是【親手做】的。

えっ、店(みせ)に【足(あし)を運(はこ)んで選(えら)んでくれた】②もののほうが良(よ)くない？

咦？對方【親自到店裡買的】不是比較好嗎？

うーん、やっぱりどっちでもいいよ。誰(だれ)かからもらえるんだったら。

嗯，其實都好啦，只要有人願意給我的話。

可替換字詞

① 手間(てま)がかかったもの　（花費很多心血）

② 足繁(あししげ)く通(かよ)って悩(なや)んでくれた　（看了好久才決定的）

4

お腹が空いちゃった。

肚子餓了。

已經中午了。肚子餓了。
那我做點東西給妳吃吧。冰箱裡的東西都能用嗎？

胳膊 相關用語 依中文｜唸法（平假名／片假名）｜寫法（漢字）排列

MP3 3-04-01

中文	唸法	寫法
胳膊	うで	腕（うで）
臂肘	ひじ	肘（ひじ）
本事	うでまえ	腕前（うでまえ）

很有本事	すごうで	凄腕
手腕	しゅわん	手腕
能手	うできき	腕利き
用蠻力	うでずく	腕尽く
較量本領	うでくらべ	腕比べ
捲袖子	うでまくり	腕捲り
腕力	わんりょく	腕力
試試本領	うでだめし	腕試し
上臂	にのうで	二の腕
比腕力	うでずもう	腕相撲
手錶	うでどけい	腕時計
力氣	うでっぷし	腕っ節
兩臂交叉／挽著手	うでをくむ	腕を組む
手癢	うでがなる	腕が鳴る
磨練能力	うでをみがく	腕を磨く
技術提升	うでがあがる	腕が上がる
一展長才	うでをふるう	腕を振るう
展現才華	うでをみせる	腕を見せる
袖手旁觀	うでをこまねく	腕を拱く

伏地挺身	うでたてふせ	腕立て伏せ
對本領有自信	うでにおぼえがある	腕に覚えがある
幹勁十足	うでによりをかける	腕に縒りを掛ける

肚子 相關用語 依中文｜唸法（平假名／片假名）｜寫法（漢字）排列

MP3
3-04-02

肚子	おなか	お腹
洩憤	はらいせ	腹いせ
生氣	はらがたつ	腹が立つ
令人生氣	はらだたしい	腹立たしい
側腹	わきばら	脇腹
腹肌	ふっきん	腹筋
腸	はらわた	腸
懷孕	はらむ	孕む
咕嚕咕嚕叫	ぐうぐうなる	ぐうぐう鳴る
肚子餓了	おなかがすく	お腹が空く
先墳飽肚子	はらごしらえ	腹拵え
吃八分飽	はらはちぶんめ	腹八分目
吃飽了	おなかがいっぱい	お腹がいっぱい

肚子發脹	おなかがはる	お腹が張る
肚子著涼	おなかがひえる	お腹が冷える
吃壞肚子	おなかをこわす	お腹を壊す
肚子痛	おなかがいたい	お腹が痛い
腹語術	ふくわじゅつ	腹話術
下定決心	はらをくくる	腹を括る
自掏腰包	じばらをきる	自腹を切る
肚量大	ふとっぱら	太っ腹
壞心腸	はらぐろい	腹黒い
中飽私囊	しふくをこやす	私腹を肥やす
怒不可抑	はらわたがにえくりかえる	腸が煮えくり返る
氣憤難耐	はらのむしがおさまらない	腹の虫がおさまらない
捧腹大笑	はらをかかえてわらう	腹を抱えて笑う

肚子

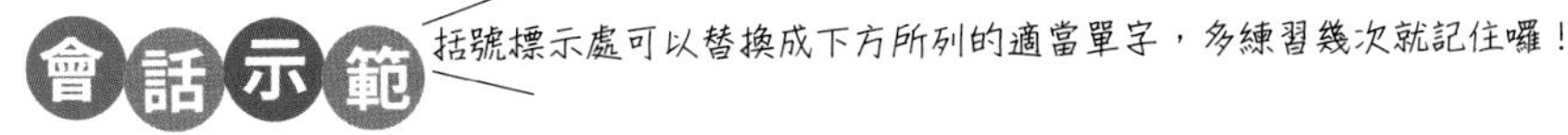

もうお昼だね。お腹が【空いちゃった】①。

已經中午了。肚子【餓了】。

じゃあ、私が何か作るよ。

冷蔵庫のもの、適当に使ってもいい？

那我做點東西給妳吃吧。冰箱裡的東西都能用嗎？

これ、すごくおいしい。もう一つ食べてもいい？

這個好好吃，我能再吃一個嗎？

ありがとう。料理の【腕を見せる】②のが加恋だけなのが残念。

謝謝，可惜只能在妳面前展現料理【手腕】。

早織の彼氏になる人は、幸せだよ。

誰要是當了妳的男朋友，一定很幸福。

可替換字詞

① ぐうぐう鳴ってる　（咕嚕叫了）

① 腕を振るう　（一展長才）

5

元気(げんき)になってよかったな。

能恢復健康真是太好了。

什麼事情
讓妳嚇一大跳？
不久前我奶奶閃到腰，
昨天我去探望，
她竟然搖著屁股在跳舞呢。

腰 **相關用語** 依中文｜唸法（平假名／片假名）｜寫法（漢字）排列

MP3
3-05-01

腰	こし	腰(こし)
蹲下	しゃがむ	しゃがむ
彎腰	かがむ	屈(かが)む

腰圍	ウエスト	ウエスト
腰帶	ベルト	ベルト
腎臟	じんぞう	腎臓
腰骨	こしぼね	腰骨
膽小鬼	こしぬけ	腰抜け
手無寸鐵	まるごし	丸腰
態度	ものごし	物腰
閃到腰	ぎっくりごし	ぎっくり腰
想逃避責任	にげごし	逃げ腰
態度曖昧	およびごし	及び腰
麵的硬度	めんのこし	麺の腰
半途而廢	こしくだけ	腰砕け
凳子	こしかけ	腰掛け
坐下	こしかける	腰掛ける
腰痠	こしがだるい	腰がだるい
謙卑	こしがひくい	腰が低い
挺直腰桿	こしをのばす	腰を伸ばす
大吃一驚	こしをぬかす	腰を抜かす
站起來	こしをあげる	腰を上げる

跟班	こしぎんちゃく	腰巾着
山腰	やまのちゅうふく	山の中腹
認真以對	ほんごしをいれる	本腰を入れる
中途插嘴	はなしのこしをおる	話の腰を折る

屁股 相關用語 依中文｜唸法（平假名／片假名）｜寫法（漢字）排列

MP3 3-05-02

屁股	おしり	お尻
屁股著地	しりもち	尻餅
斜眼看	しりめ	尻目
最後一名	ビリケツ	ビリケツ
漸入佳境	しりあがり	尻上がり
虎頭蛇尾	しりすぼみ	尻すぼみ
越來越窮	じりひん	じり貧
退後／退場	しりぞく	退く
臀圍	ヒップ	ヒップ
裹足不前	しりごみ	尻込み
收支結算	ちょうじり	帳尻
收拾善後	しりぬぐい	尻拭い

臀部兩側	おしりのほっぺ	お尻のほっぺ
坐立難安	しりがこそばゆい	尻がこそばゆい
光屁股	おしりまるだし	お尻丸出し
搖屁股	おしりをふる	お尻を振る
翻臉	ケツをまくる	ケツを捲る
輕浮	しりがかるい	尻が軽い
打屁股	しりをたたく	尻を叩く
燃眉之急	しりにひがつく	尻に火がつく
屁股大	おしりがおおきい	お尻が大きい
有頭無尾	しりきれとんぼ	尻切れ蜻蛉
小氣	ケツのあながちいさい	ケツの穴が小さい
妻管嚴	おっとをしりにしく	夫を尻に敷く
鞭策丈夫	おっとのしりをたたく	夫の尻を叩く
藏頭露尾	あたまかくしてしりかくさず	頭隠して尻隠さず

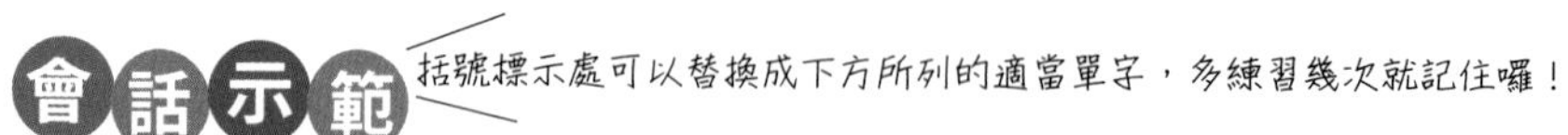

びっくりして【腰を抜かす】①かと思ったよ。

嚇死我了，差點【腿軟】。

そんなに？何（なに）があったの？

什麼事情讓妳嚇一大跳？

きのしたかれん
木下加恋

この前（まえ）うちのおばあちゃんが【ぎっくり腰（ごし）】②になったんだけど、昨日（きのう）お見舞（みま）いへ行（い）ったら【お尻振（しりふ）り】③ながら踊（おど）ってたんだよ。

不久前我奶奶【閃到腰】，昨天我去探望，她竟然【搖著屁股】在跳舞呢。

それは、驚（おどろ）くね。でも、元気（げんき）になってよかったな。

那確實會讓人嚇一跳，不過能恢復健康真是太好了。

うん。ほんとに。

嗯，是啊。

可替換字詞

① 尻餅（しりもち）をつく　（一屁股坐在地上）

② 腰（こし）がだるい　（腰痠）

③ 腰（こし）を伸（の）ばす　（挺直腰桿）

6

内科(ないか)はどこでしょうか。

請問內科在哪裡？

醫院 相關用語 依中文｜唸法（平假名／片假名）｜寫法（漢字）排列

MP3 3-06-01

醫院	びょういん	病院(びょういん)
西醫療法	せいよういがく	西洋医学(せいよういがく)
中醫療法	とうよういがく	東洋医学(とうよういがく)

醫生	いしゃ	医者（いしゃ）
護理師	かんごし	看護師（かんごし）
病人	かんじゃ	患者（かんじゃ）
看診	しんさつ	診察（しんさつ）
急診	きゅうしん	急診（きゅうしん）
打針	ちゅうしゃ	注射（ちゅうしゃ）
點滴	てんてき	点滴（てんてき）
X 光	レントゲン	レントゲン
開刀	しゅじゅつ	手術（しゅじゅつ）
病房	びょうしつ	病室（びょうしつ）
住院	にゅういん	入院（にゅういん）
探望	おみまい	お見舞い（みま）
出院	たいいん	退院（たいいん）
內科	ないか	内科（ないか）
外科	げか	外科（げか）
牙科	しか	歯科（しか）
眼科	がんか	眼科（がんか）
皮膚科	ひふか	皮膚科（ひふか）
兒科	しょうにか	小児科（しょうにか）

婦產科	さんふじんか	産婦人科
耳鼻喉科	じびいんこうか	耳鼻咽喉科
救護車	きゅうきゅうしゃ	救急車

生病

生病 相關用語 依中文｜唸法（平假名／片假名）｜寫法（漢字）排列

MP3 3-06-02

生病	びょうきになる	病気になる
疾病	びょうき	病気
得到（疾病）	かかる	罹る
（部位）得病	わずらう	患う
傳染	うつる	うつる
久病不癒	こじれる	拗れる
復發	ぶりかえす	ぶり返す
臥床不起	ねこむ	寝込む
重病	じゅうびょう	重病
急病	きゅうびょう	急病
宿疾	じびょう	持病
難治疾病	なんびょう	難病
與病魔對抗	とうびょう	闘病

體弱多病	びょうじゃく	病弱（びょうじゃく）
容易生病	びょうきがち	病気（びょうき）がち
病人	びょうにん	病人（びょうにん）
病情	ようたい	容体（ようたい）
因病缺席	びょうけつ	病欠（びょうけつ）
病剛好	やみあがり	病（や）み上（あ）がり
裝病	けびょう	仮病（けびょう）
病毒	ウイルス	ウイルス
病菌	びょうげんきん	病原菌（びょうげんきん）
治病	びょうきをなおす	病気（びょうき）を治（なお）す
痊癒	びょうきがよくなる	病気（びょうき）が良（よ）くなる

生病

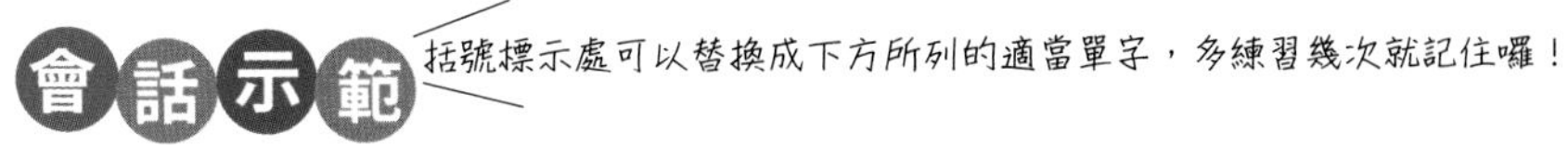
會話示範
括號標示處可以替換成下方所列的適當單字，多練習幾次就記住囉！

総合病院（そうごうびょういん）の受付（うけつけ）で（在綜合醫院的櫃檯）

きのしたかれん
木下加恋

すみません。【内科（ないか）】①はどこでしょうか。

抱歉，請問【內科】在哪裡？

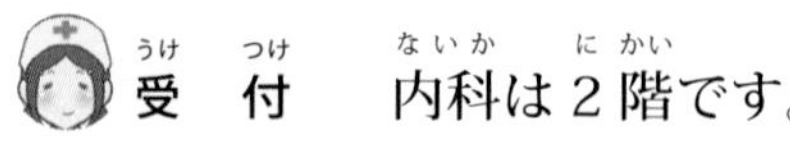

受付　内科は2階です。

（櫃檯人員）內科在2樓。

診察室で（在診療室）

医者　風邪ですね。

妳得了感冒。

木下加恋　学校へ行ってもいいでしょうか。

我能去學校嗎？

医者　【風邪を治して】②からのほうがいいですね。

最好等【感冒治好】再去。

可替換字詞

① 歯科、皮膚科、小児科、 産婦人科、耳鼻咽喉科

（牙科、皮膚科、小兒科、婦產科、耳鼻喉科）

② 風邪が良くなって

（感冒好了）

7

咳止め(せきど)なら持(も)ってるけど、飲(の)む？

我有止咳藥，要嗎？

我咳嗽咳不停……
但今天要考試，
所以還是來了。
我有止咳藥，
妳要嗎？

藥物 相關用語 依中文｜唸法（平假名／片假名）｜寫法（漢字）排列

MP3
3-07-01

藥	くすり	薬(くすり)
藥局	やっきょく	薬局(やっきょく)
處方箋	しょほうせん	処方箋(しょほうせん)

藥劑師	やくざいし	薬剤師
止痛藥	いたみどめ	痛み止め
止咳藥	せきどめ	咳止め
胃腸藥	いぐすり	胃薬
止瀉藥	げりどめ	下痢止め
暈車藥	よいどめ	酔い止め
退燒藥	げねつざい	解熱剤
效果	ききめ	効き目
有效	きく	効く
內服藥	のみぐすり	飲み薬
藥錠	じょうざい	錠剤
藥粉	こなぐすり	粉薬
膠囊	カプセル	カプセル
藥膏	ぬりぐすり	塗り薬
噴劑	スプレー	スプレー
栓劑	ざやく	座薬
眼藥水	めぐすり	目薬
點	さす	差す
眼睛刺痛	めにしみる	目に染みる

副作用	ふくさよう	副作用
中藥	かんぽうやく	漢方薬
藥草	やくそう	薬草
葛根湯	かっこんとう	葛根湯

感冒症狀 相關用語 依中文｜唸法（平假名／片假名）｜寫法（漢字）排列

MP3 3-07-02

感冒	かぜをひく	風邪を引く
口罩	マスク	マスク
喉嚨	のど	喉
卡卡的	イガイガする	イガイガする
咳嗽	せき	咳
不停	とまらない	止まらない
噴嚏	くしゃみ	嚔
鼻涕	はなみず	鼻水
鼻塞	はなづまり	鼻詰まり
擤鼻涕	はなをかむ	鼻をかむ
發燒	ねつ	熱
退熱貼	ねつさまシート	熱さまシート

感冒症狀

腸胃型感冒	いちょうかぜ	胃腸風邪
噁心	はきけ	吐き気
嘔吐	おうと	嘔吐
腹瀉	げり	下痢
流感	インフルエンザ	インフルエンザ
疫苗	ワクチン	ワクチン
感冒藥	かぜぐすり	風邪薬
吃藥	くすりをのむ	薬を飲む
向學校請假	がっこうをやすむ	学校を休む
預防	よぼう	予防
漱口	うがい	嗽
洗手	てあらい	手洗い

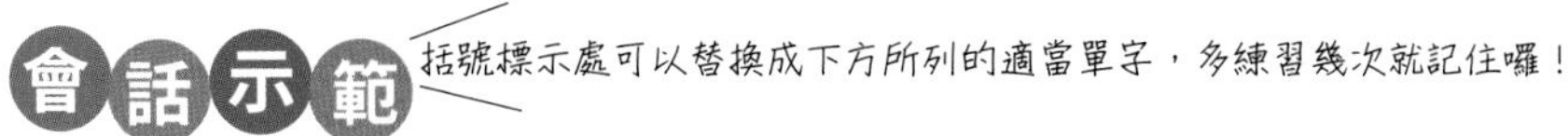
會話示範
括號標示處可以替換成下方所列的適當單字，多練習幾次就記住囉！

宮野早織（みやのさおり）　マスクしてるなんて、珍（めずら）しいね。

真難得看妳戴口罩。

木下加恋（きのしたかれん）　【咳（せき）が止（と）まらなくて】①……。

でも、今日（きょう）は試験（しけん）だったから来（き）ちゃった。

我【咳嗽咳不停】……但今天要考試，所以我還是來了。

宮野早織（みやのさおり）　【咳止（せきど）め】②なら持（も）ってるけど、飲（の）む？

我有【止咳藥】，妳要嗎？

木下加恋（きのしたかれん）　ありがとう。昨日（きのう）、病院（びょういん）で薬（くすり）をもらったから大丈夫（だいじょうぶ）。

謝謝妳，不過我昨天到醫院拿藥了。

可替換字詞

① 喉（のど）がイガイガして、鼻詰（はなづ）まりして、熱（ねつ）があって

（喉嚨卡卡的、鼻塞、發燒）

② 解熱剤（げねつざい）、葛根湯（かっこんとう）

（退燒藥、葛根湯）

8

痛(いた)かったでしょ。

很痛吧？

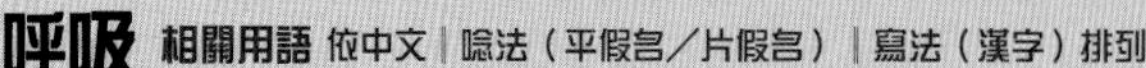

呼吸 相關用語 依中文｜唸法（平假名／片假名）｜寫法（漢字）排列

MP3 3-08-01

呼吸	こきゅう	呼吸(こきゅう)
嘆氣	ためいき	溜息(ためいき)
口哨	くちぶえ	口笛(くちぶえ)

休息／排遣　いきぬき　息抜き

吐　はく　吐く

吸　すう　吸う

憋　とめる　止める

哈欠　あくび　あくび

肥皂泡泡　シャボンだま　シャボン玉

換氣　いきつぎ　息継ぎ

吹熄　ふきけす　吹き消す

喘不過氣　いきぐるしい　息苦しい

深呼吸　しんこきゅう　深呼吸

氣喘吁吁　いきがきれる　息が切れる

合得來　いきがあう　息が合う

倒抽一口氣　いきをのむ　息を呑む

屏息　いきをころす　息を殺す

休息一下　ひといきいれる　一息入れる

一飲而盡　ひといきにのむ　一息に飲む

奄奄一息　むしのいき　虫の息

人工呼吸　じんこうこきゅう　人工呼吸

復活　いきをふきかえす　息を吹き返す

斷氣	いきをひきとる	息を引き取る
風馳電掣	いきもつかせぬはやさ	息もつかせぬ速さ
春意	はるのいぶき	春の息吹

受傷 相關用語 依中文｜唸法（平假名／片假名）｜寫法（漢字）排列

MP3
3-08-02

受傷	けが	怪我
重傷	おおけが	大怪我
碰撞	ぶつける	打つける
挫傷	だぼく	打撲
扭	ひねる	捻る
扭傷	ねんざ	捻挫
發炎	えんしょう	炎症
貼布	しっぷ	湿布
擦破皮	すりむく	擦り剥く
擦傷	すりきず	擦り傷
傷口	きずぐち	傷口
消毒藥水	しょうどくえき	消毒液
OK 繃	バンドエイド	バンドエイド

瘡痂	かさぶた	瘡蓋
結	できる	できる
剝落	むける	剥ける
傷痕	きずあと	傷痕
割	きる	切る
割傷	きりきず	切り傷
縫	ぬう	縫う
繃帶	ほうたい	包帯
纏	まく	巻く
解	とる	取る
折	おる	折る
骨折	こっせつ	骨折
石膏	ギブス	ギブス

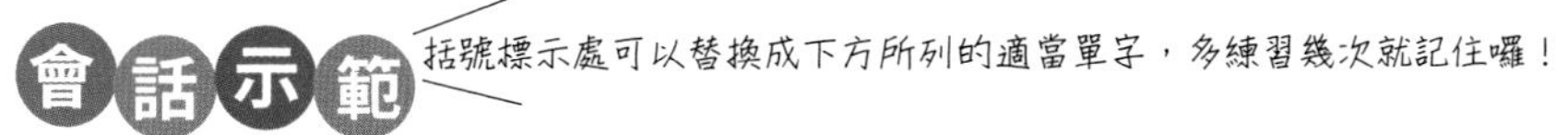

會話示範
括號標示處可以替換成下方所列的適當單字，多練習幾次就記住囉！

みやのさおり
宮野早織

山田君(やまだくん)、【溜息(ためいき)】①なんてついてどうしたの？

山田，你為什麼在【嘆氣】？

テスト勉強の息抜きにサッカーしていたら、
足を【捻挫した】②んだ。

為了排遣考試壓力，我踢了足球，結果腳【扭傷】了。

痛かったでしょ。

很痛吧？

うん。足が気になってテスト勉強も進まない……。

嗯，很在意腳傷而沒辦法專心念書……

早く治るといいね。

希望你早點治好。

可替換字詞

① 息が切れる （氣喘吁吁）

② 怪我した、ぶつけた、捻った、擦り剝いた、骨折した
（受傷、撞傷、扭到、擦傷、骨折）

9

歯医者(はいしゃ)に行(い)くのはいやだなぁ。

我不想去看牙醫。

牙齒好痛，
但我不想看牙醫。
可能是蛀牙了，
我勸你早點去看。

牙科 相關用語 依中文｜唸法（平假名／片假名）｜寫法（漢字）排列

MP3 3-09-01

牙醫	はいしゃ	歯医者(はいしゃ)
牙齒	は	歯(は)
蛀牙	むしば	虫歯(むしば)

痛	いたい	痛い（いた）
痠痛	しみる	染みる（し）
鑽（牙）	けずる	削る（けず）
填補	つめる	詰める（つ）
金屬假牙（銀粉補的牙）	ぎんば	銀歯（ぎんば）
樹脂	じゅし	樹脂（じゅし）
拔牙	はをぬく	歯を抜く（は・ぬ）
抽神經	しんけいをぬく	神経を抜く（しんけい・ぬ）
假牙	さしば	差し歯（さ・ば）
植牙	インプラント	インプラント
門牙	まえば	前歯（まえば）
臼齒	おくば	奥歯（おくば）
虎牙	やえば	八重歯（やえば）
智齒	おやしらず	親知らず（おやし）
齒列	はならび	歯並び（はなら）
矯正	きょうせい	矯正（きょうせい）
牙結石	しせき	歯石（しせき）
去除	とる	取る（と）
牙齦	はぐき	歯茎（はぐき）

牙科

腫	はれる	腫(は)れる
牙周病	ししゅうびょう	歯周病(ししゅうびょう)
口腔潰瘍	こうないえん	口内炎(こうないえん)

按摩 相關用語 依中文｜唸法（平假名／片假名）｜寫法（漢字）排列

MP3 3-09-02

按摩

按摩	マッサージ	マッサージ
按	おす	押(お)す
揉	もむ	揉(も)む
重一點	つよく	強(つよ)く
輕一點	よわく	弱(よわ)く
舒服	きもちがいい	気(き)持(も)ちがいい
指壓	しあつ	指圧(しあつ)
精油按摩	オイルマッサージ	オイルマッサージ
精油	エッセンシャルオイル	エッセンシャルオイル
穴位	つぼ	壺(つぼ)
經絡	けいらく	経絡(けいらく)
血液循環	けっこう	血行(けっこう)
肌肉	きんにく	筋肉(きんにく)

僵硬	こる	凝(こ)る
肌肉痠痛	きんにくつう	筋肉痛(きんにくつう)
頸部	くび	首(くび)
肩膀	かた	肩(かた)
肩膀痠痛	かたこり	肩凝(かたこ)り
背部	せなか	背中(せなか)
腰部	こし	腰(こし)
腳	あし	足(あし)
腳底	あしうら	足裏(あしうら)
泡腳	あしゆ	足湯(あしゆ)
淋巴	リンパ	リンパ
浮腫	むくみ	浮腫(むくみ)

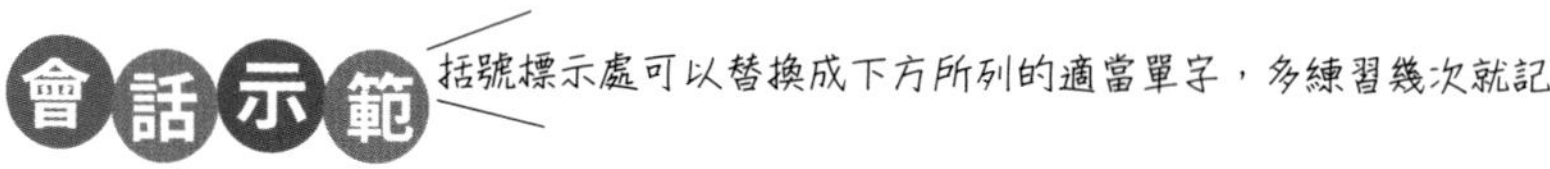
會話示範
括號標示處可以替換成下方所列的適當單字，多練習幾次就記住囉！

かわむらせいじ
川村誠司

【歯(は)】①が【痛(いた)い】②んだけど、歯医者(はいしゃ)に行(い)くのはいやだなぁ。

【牙齒】【好痛】，但我不想看牙醫。

宮野早織（みやのさおり）：虫歯（むしは）かもしれないから、早（はや）く行（い）った方（ほう）がいいよ。

可能是蛀牙了，我勸你早點去看。

川村誠司（かわむらせいじ）：でも、もう夜遅（よるおそ）いから明日（あす）行（い）くよ。

但是現在很晚了，明天再去吧。

宮野早織（みやのさおり）：【肩（かた）】③をマッサージして血行（けっこう）が良（よ）くなったら、痛（いた）みがましになるかもしれない。

按摩【肩膀】能促進血液循環，或許可以減輕疼痛。

川村誠司（かわむらせいじ）：うちに帰（かえ）ったらやってみるよ。

回去之後我會試試看。

可替換字詞

① 奥歯（おくば）、親知（おやし）らず、歯茎（はぐき）　（臼齒、智齒、牙齦）

② 染（し）みる、腫（は）れている　（好痠、好腫）

③ 首（くび）、背中（せなか）、足裏（あしうら）、リンパ、壺（つぼ）

（脖子、背部、腳底、淋巴、穴道）

10

何(なに)か気(き)になることはありますか。

有沒有什麼地方覺得不放心？

健檢 相關用語 依中文｜唸法（平假名／片假名）｜寫法（漢字）排列

MP3 3-10-01

中文	唸法	寫法
健康檢查	けんこうしんだん	健康診断(けんこうしんだん)
體格測量	しんたいそくてい	身体測定(しんたいそくてい)
身高	しんちょう	身長(しんちょう)

體重	たいじゅう	体重
腰圍	ふくい	腹囲
測量	はかる	測る
視力	しりょく	視力
聽力	ちょうりょく	聴力
血壓	けつあつ	血圧
最高	さいこう	最高
最低	さいてい	最低
脈博	みゃくはく	脈拍
量脈搏	みゃくをとる	脈を取る
心律不整	ふせいみゃく	不整脈
初診基本資料	もんしんひょう	問診票
抽血檢查	けつえきけんさ	血液検査
抽血	さいけつ	採血
血糖値	けっとうち	血糖値
膽固醇	コレステロール	コレステロール
中性脂肪	ちゅうせいしぼう	中性脂肪
紅血球	せっけっきゅう	赤血球
貧血	ひんけつ	貧血

尿液檢查	にょうけんさ	尿検査
糞便檢查	けんべん	検便
心電圖	しんでんず	心電図

懷孕生產 相關用語 依中文｜唸法（平假名／片假名）｜寫法（漢字）排列

MP3 3-10-02

懷孕	にんしん	妊娠
孕婦	にんぷ	妊婦
準媽媽	プレママ	プレママ
胎兒	たいじ	胎児
寶寶	あかちゃん	赤ちゃん
驗孕	にんしんけんさ	妊娠検査
害喜	つわり	悪阻
穩定期	あんていき	安定期
超音波	ちょうおんぱ	超音波
心音	しんおん	心音
聽得見	きこえる	聞こえる
胎動	たいどう	胎動
感到	かんじる	感じる

肚子	おなか	お腹
隆起	ふくらむ	膨らむ
孕婦裝	マタニティウェア	マタニティウェア
妊娠紋	にんしんせん	妊娠線
胎教	たいきょう	胎教
陣痛	じんつう	陣痛
足月	りんげつ	臨月
產假	さんきゅう	産休
預產期	よていび	予定日
生產	しゅっさん	出産
拉梅茲呼吸法	ラマーズほう	ラマーズ法

懷孕生產

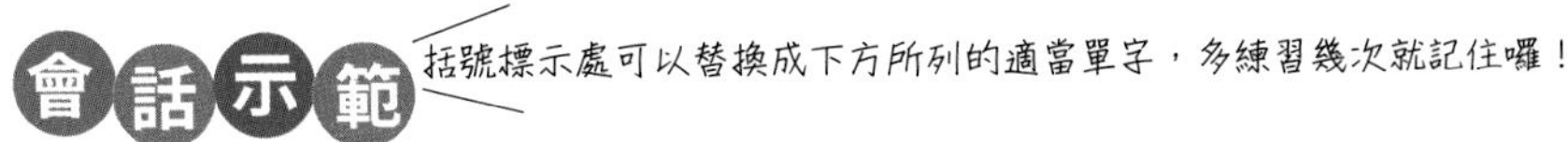
會話示範
括號標示處可以替換成下方所列的適當單字，多練習幾次就記住囉！

産婦人科（さんふじんか）で　（在婦產科）

看護師（かんごし）　何（なに）か気（き）になることはありますか。

有沒有什麼地方覺得不放心？

松本愛理（まつもとあいり）　【安定期（あんていき）】①に入（はい）ってから、

【体重（たいじゅう）がずいぶん増（ふ）えた】②んです。

進入【安定期】後，【體重增加了很多】。

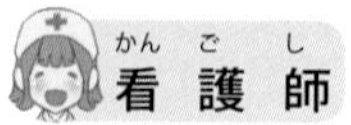

尿検査(にょうけんさ)も問題(もんだい)ありませんでしたし、これぐらいなら大丈夫(だいじょうぶ)ですよ。

尿液檢查沒有問題，這種程度應該不用擔心。

そうですか。赤(あか)ちゃんに会(あ)える日(ひ)が待(ま)ち遠(どお)しいです。

這樣嗎？我迫不及待見到孩子了。

① 臨月(りんげつ)、産休(さんきゅう)

（足月、產假）

② 血圧(けつあつ)が上(あ)がった / 下(さ)がった

（血壓上升了／下降了）

PART 4
飲食

1

卵かけご飯が一番だろ。

最好吃的是雞蛋拌飯。

最好吃的是
雞蛋拌飯。
是嗎？我做了牛肉咖哩，
所以你今天的晚飯
只有雞蛋。

米飯 相關用語 依中文｜唸法（平假名／片假名）｜寫法（漢字）排列

MP3
4-01-01

米飯	ごはん	ご飯（はん）
米	こめ	米（こめ）
糙米	げんまい	玄米（げんまい）

糯米	もちごめ	糯米
洗	とぐ	研ぐ
泡水	みずにつける	水に浸ける
炊煮	たく	炊く
燜煮	むらす	蒸らす
剛煮好	たきたて	炊きたて
ＱＱ的	もちもち	もちもち
電鍋	すいはんき	炊飯器
飯碗	おちゃわん	お茶碗
筷子	はし	箸
粥	おかゆ	お粥
飯糰	おにぎり	お握り
海苔	のり	海苔
香鬆	ふりかけ	ふりかけ
生雞蛋拌飯	たまごかけごはん	卵かけ御飯

咖哩 相關用語 依中文｜唸法（平假名／片假名）｜寫法（漢字）排列

MP3
4-01-02

咖哩	カレー	カレー

米飯

咖哩塊	カレールー	カレールー
辣度	からさ	辛さ
辣味	からくち	辛口
中辣	ちゅうから	中辛
甜味	あまくち	甘口
牛肉咖哩	ビーフカレー	ビーフカレー
豬肉咖哩	ポークカレー	ポークカレー
雞肉咖哩	チキンカレー	チキンカレー
豬排咖哩	カツカレー	カツカレー
泰式咖哩	タイカレー	タイカレー
乾咖哩	ドライカレー	ドライカレー
海鮮咖哩	シーフードカレー	シーフードカレー
焗烤咖哩飯	カレードリア	カレードリア
咖哩麵包	カレーパン	カレーパン
即食咖哩	レトルトカレー	レトルトカレー
印度烤餅	ナン	ナン
福神漬	ふくじんづけ	福神漬
薤／蕗蕎	らっきょう	らっきょう
洋蔥	たまねぎ	玉葱

紅蘿蔔	にんじん	人参(にんじん)
香辛料	こうしんりょう	香辛料(こうしんりょう)
小火	とろび	とろ火(び)
慢燉	じっくりにこむ	じっくり煮込(にこ)む

會話示範

括號標示處可以替換成下方所列的適當單字，多練習幾次就記住囉！

ご飯(はん)ってさ、【おにぎりにして】①もお粥(かゆ)にしてもうまいよな。

白飯不管是【做成飯糰】，還是煮成粥都很好吃呢。

そうね。でも、カレーといっしょに食(た)べるのが一番(いちばん)だと思(おも)うわ。

是啊，不過還是配咖哩吃最好吃。

卵(たまご)かけご飯(はん)が一番(いちばん)だろ。

不，最好吃的是雞蛋拌飯。

そう？じゃあ、せっかく【ビーフカレー】②作(つく)ったけど、山田君(やまだくん)の今日(きょう)の晩(ばん)ご飯(はん)は卵(たまご)だけね。

是嗎？我特地做了【牛肉咖哩】，但你今天的晚飯只有雞蛋。

① 海苔（のり）をつけて、ふりかけをかけて

（沾海苔吃、撒上香鬆）

① ポークカレー、チキンカレー、カツカレー、

鯛（たい）カレー、シーフードカレー

（豬肉咖哩、雞肉咖哩、豬排咖哩、鯛魚咖哩、海鮮咖哩）

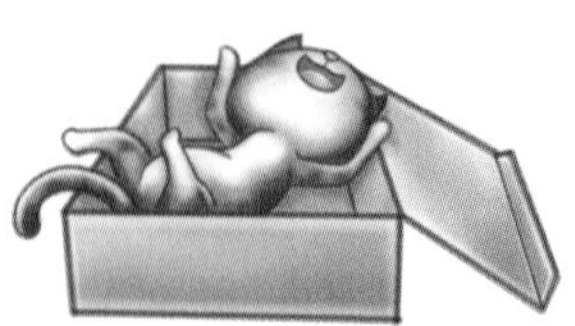

2

麺類で一番は、やっぱりラーメンだよな。

麵類裡頭最美味的就屬拉麵了。

拉麵 相關用語 依中文｜唸法（平假名／片假名）｜寫法（漢字）排列

MP3
4-02-01

拉麵	ラーメン	ラーメン
麵條	めん	麺
細麵	ほそめん	細麺

粗麵	ふとめん	太麵（ふとめん）
直麵	ストレートめん	ストレート麵（めん）
捲麵	ちぢれめん	縮（ちぢ）れ麵（めん）
硬麵	かためん	硬麵（かためん）
軟麵	やわらかめん	柔（やわ）らか麵（めん）
麵煮爛	のびる	伸（の）びる
湯頭	スープ	スープ
醬油	しょうゆ	醤油（しょうゆ）
鹽味	しお	塩（しお）
味噌	みそ	味噌（みそ）
筍乾	メンマ	メンマ
黑木耳	きくらげ	木耳（きくらげ）
半熟蛋	はんじゅくたまご	半熟卵（はんじゅくたまご）
豆芽菜	もやし	もやし
叉燒	チャーシュー	チャーシュー
豬背脂	せあぶら	背脂（せあぶら）
濃郁	こってり	こってり
清淡	あっさり	あっさり
加麵	かえだま	替（か）え玉（だま）

餐券	しょっけん	食券（しょっけん）

烏龍麵 相關用語 依中文｜唸法（平假名／片假名）｜寫法（漢字）排列

MP3 4-02-02

中文	唸法	寫法
烏龍麵	うどん	うどん
豆皮烏龍麵	きつねうどん	狐（きつね）うどん
海帶芽烏龍麵	わかめうどん	若布（わかめ）うどん
加蛋烏龍湯麵	つきみうどん	月見（つきみ）うどん
山藥烏龍麵	やまかけうどん	山（やま）かけうどん
麻糬烏龍麵	ちからうどん	力（ちから）うどん
咖哩烏龍麵	カレーうどん	カレーうどん
麵湯	つゆ	汁（つゆ）
吸著吃	すする	啜（すす）る
有嚼勁	こしがある	腰（こし）がある
軟	やわらかい	軟（やわ）らかい
蔥花	きざみねぎ	刻（きざ）み葱（ねぎ）
薑末	おろししょうが	卸（おろ）し生姜（しょうが）
溫泉蛋	おんせんたまご	温泉卵（おんせんたまご）
油炸麵糊屑	てんかす	天滓（てんかす）

烏龍麵

天婦羅	てんぷら	天婦羅（てんぷら）
墨魚腳	げそ	下足（げそ）
炸什錦	かきあげ	掻（か）き揚（あ）げ
烏龍湯麵	かけうどん	かけうどん
竹簍烏龍麵	ざるうどん	ざるうどん
濃湯烏龍麵	ぶっかけうどん	ぶっかけうどん
冷烏龍麵	ひやしうどん	冷（ひ）やしうどん
釜揚烏龍麵（不過冷水的現煮烏龍麵）	かまあげうどん	釜揚（かまあ）げうどん

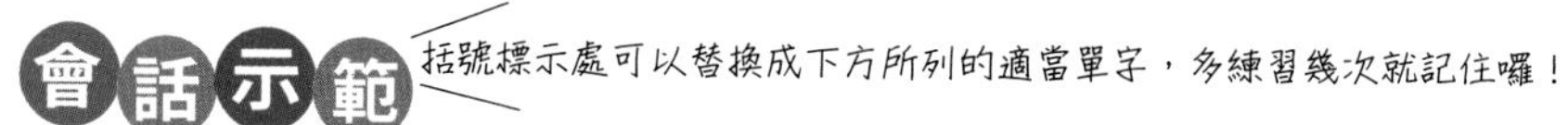
會話示範
括號標示處可以替換成下方所列的適當單字，多練習幾次就記住囉！

山田広輝（やまだこうき）

麵類（めんるい）で一番（いちばん）は、やっぱりラーメンだよな。

スープは【塩（しお）】①で麵（めん）は細麵（ほそめん）、【半熟卵（はんじゅくたまご）】②が乗（の）ってたら言（い）うことなし！

麵類裡頭最美味的就屬拉麵了。

湯頭要選【鹽味】，麵要選細麵。如果上頭還放了【半熟的蛋】，那就太完美了！

かわむらせいじ
川村誠司

えー、麵（めん）と言（い）えば、うどんだろ。

【狐うどん】③が最高だよ。夏は【ざるうどん】④にするのもいいよな。

咦？說起麵類，當然是烏龍麵最美味。

尤其是【油炸豆皮烏龍麵】最棒了。夏天吃【竹簍烏龍麵】也不錯。

ラーメンだって！

是拉麵最棒！

いや、うどんが麺類の王だよ！

不，烏龍麵才是麵中之王！

可替換字詞

① 味噌、こってり、あっさり

（味噌口味、濃郁口味、清淡口味）

② メンマ、木耳、チャーシュー

（筍乾、黑木耳、叉燒）

③ 若布うどん、月見うどん、かけうどん、力うどん

（海帶芽烏龍麵、加蛋烏龍麵、清湯烏龍麵、麻糬烏龍麵）

④ ぶっかけうどん、冷やしうどん

（濃湯烏龍麵、冷烏龍麵）

3

冬(ふゆ)は鍋(なべ)が一番(いちばん)だな。

果然冬天就該吃火鍋。

果然冬天就該吃火鍋。

是啊，大家一起吃火鍋最棒了。
而且只要準備沾醬，
非常輕鬆。

我最喜歡
吃火鍋裡的魚丸了。

火鍋 相關用語 依中文｜唸法（平假名／片假名）｜寫法（漢字）排列

MP3 4-03-01

中文	唸法	寫法
火鍋	なべ	鍋(なべ)
湯底	スープ	スープ
昆布	こんぶ	昆布(こんぶ)

雞骨	とりがら	鶏がら
豬骨	とんこつ	豚骨
魚骨	あら	粗
配料	ぐ	具
金針菇	えのき	えのき
肉丸	つみれ	摘入
白菜	はくさい	白菜
香菇	しいたけ	椎茸
肉片	うすぎりにく	薄切り肉
冬粉	はるさめ	春雨
沾醬	たれ	たれ
芝麻醬	ごまだれ	胡麻だれ
柚子醋	ポンず	ポン酢
提味用香辛料	やくみ	薬味
蔥	ねぎ	葱
大蒜	にんにく	大蒜
生薑	しょうが	生姜
辣椒	とうがらし	唐辛子
七味辣椒粉	しちみ	七味

蘿蔔泥	だいこんおろし	大根卸し
辣味蘿蔔泥	もみじおろし	紅葉卸し
白蘿蔔	だいこん	大根
蒟蒻	こんにゃく	蒟蒻
蒟蒻絲	しらたき	白滝
牛筋	すじにく	筋肉
炸豆腐	あつあげ	厚揚げ
竹輪	ちくわ	竹輪
炸魚餅	さつまあげ	さつま揚げ
福袋（有內餡的袋狀油豆腐皮）	きんちゃく	巾着
山藥魚板	はんぺん	半片

吃 相關用語 依中文｜唸法（平假名／片假名）｜寫法（漢字）排列

MP3 4-03-02

吃	たべる	食べる
夾	つまむ	摘まむ
戳	つつく	突く
嚼	かむ	噛む
試吃	ししょく	試食

大口吃	ほおばる	頬張る
嚥下	のみこむ	飲み込む
站著吃	たちぐい	立ち食い
在外用餐	がいしょく	外食
自己做飯	じすい	自炊
偷吃	つまみぐい	つまみ食い
吃一口	ひとくちたべる	一口食べる
吃光光	のこさずたべる	残さず食べる
吃太多	たべすぎる	食べ過ぎる
吃膩	たべあきる	食べ飽きる
吃飽了	おなかがいっぱい	お腹がいっぱい
吃不完	たべきれない	食べきれない
食欲	しょくよく	食欲
引起食欲	しょくよくをそそる	食欲をそそる
節食	ダイエット	ダイエット
食量小	しょうしょく	小食
食量大	おおぐい	大食い
大胃王	たいしょくかん	大食漢
狼吞虎嚥	ガツガツたべる	ガツガツ食べる

暴飲暴食	ぼういんぼうしょく	暴飲暴食（ぼういんぼうしょく）
消化不良	いがもたれる	胃（い）が凭（もた）れる

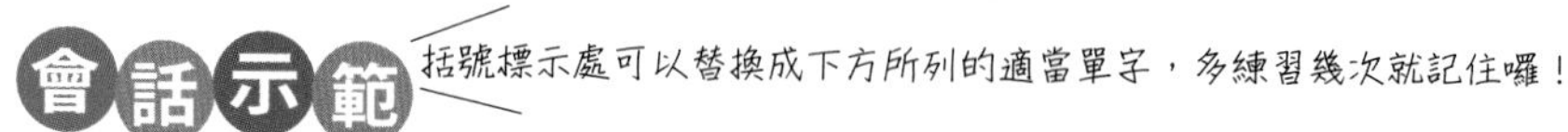

冬（ふゆ）は鍋（なべ）が一番（いちばん）だな。

果然冬天就該吃火鍋。

そうね。みんなでお鍋（なべ）をつつくのっていいわよね。

それに、【胡麻（ごま）だれ】①にすれば準備（じゅんび）も簡単（かんたん）でいいわ。

是啊，大家一起吃火鍋最棒了。

而且只要準備【芝麻醬】，非常輕鬆。

私（わたし）、お鍋（なべ）の【つみれ】②、大好（だいす）き。

我最喜歡吃火鍋裡的【魚丸】了。

こら、そんなに【頬張（ほおば）ら】③ないで。まだまだあるから。

哎呀，別吃得【那麼大口】，還很多呢。

可替換字詞

① ポン酢(ず)、大根(だいこん)おろし、紅葉(もみじ)おろし

（柚子醋、白蘿蔔泥、辣味蘿蔔泥）

② えのき、白菜(はくさい)、シイタケ、薄切(うすぎ)り肉(にく)、春雨(はるさめ)、薬味(やくみ)、葱(ねぎ)

（金針菇、白菜、香菇、肉片、冬粉、辛香配料、蔥）

③ ガツガツ食(た)べ

（狼吞虎嚥）

4

今日（きょう）は好（す）きなだけ飲（の）んでくれ。

今天你盡量喝吧。

盡量喝吧。
你今天的簡報
做得不錯喔。
謝謝，那我就先來一杯
中杯生啤酒吧。

烤肉 相關用語 依中文｜唸法（平假名／片假名）｜寫法（漢字）排列

MP3 4-04-01

中文	唸法	寫法
烤肉	やきにく	焼肉（やきにく）
牛肉	ぎゅうにく	牛肉（ぎゅうにく）
烤網	あみ	網（あみ）

中文	讀音	日文
炭火	すみび	炭火（すみび）
醬料	タレ	タレ
牛肋肉（脂肪多）	カルビ	カルビ
里肌肉（脂肪少）	ロース	ロース
牛橫膈膜	ハラミ／はらみ	ハラミ／腹身（はらみ）
牛臉頰肉	ツラミ／つらのみ	ツラミ／面の身（つらのみ）
上等	じょう	上（じょう）
特上等	とくじょう	特上（とくじょう）
牛舌	ぎゅうタン	牛（ぎゅう）タン
鹽蔥牛舌	ねぎしおタン	葱塩（ねぎしお）タン
檸檬	レモン	レモン
沾滿	まぶす	塗（まぶ）す
內臟	ホルモン	ホルモン
牛的第一胃（瘤胃）	ミノ	蓑（みの）
牛的第二胃（蜂巢胃）	ハチノス	蜂の巣（はちのす）
牛的第三胃（瓣胃・牛百頁）	センマイ	千枚（センマイ）
牛的第四胃（皺胃）	アカセンマイ／ギアラ	赤（あか）センマイ／ギアラ
牛大腸	テッチャン	テッチャン
牛心	ハツ	ハツ

韓式生拌牛肉	ユッケ	ユッケ
生肝	レバさし	レバ刺(さ)し
牛尾湯	テールスープ	テールスープ

酒 相關用語 依中文｜唸法（平假名／片假名）｜寫法（漢字）排列

MP3 4-04-02

酒	おさけ	お酒(さけ)
啤酒	ビール	ビール
中杯生啤酒	なまちゅう	生中(なまちゅう)
生啤酒	なまビール	生(なま)ビール
杯子	グラス	グラス
啤酒杯	ジョッキ	ジョッキ
瓶	びん	瓶(びん)
瓶蓋	おうかん	王冠(おうかん)
開瓶器	せんぬき	栓抜(せんぬ)き
燒酒	しょうちゅう	焼酎(しょうちゅう)
麥	むぎ	麦(むぎ)
薯	いも	芋(いも)
純飲	ストレート	ストレート

酒

摻水	みずわり	水割り（みずわ）
摻熱水	おゆわり	お湯割り（ゆわ）
加冰塊	ロック	ロック
摻無酒精飲料	ちゅうハイ	酎ハイ（ちゅう）
清酒	にほんしゅ	日本酒（にほんしゅ）
熱的清酒	あつかん	熱燗（あつかん）
常溫的清酒	ひやざけ	冷や酒（ひ　ざけ）
冰的清酒	れいしゅ	冷酒（れいしゅ）
酒壺	とっくり	徳利（とっくり）
小酒杯	おちょこ	お猪口（ちょこ）
梅酒	うめしゅ	梅酒（うめしゅ）
混合	ちゃんぽん	ちゃんぽん

酒

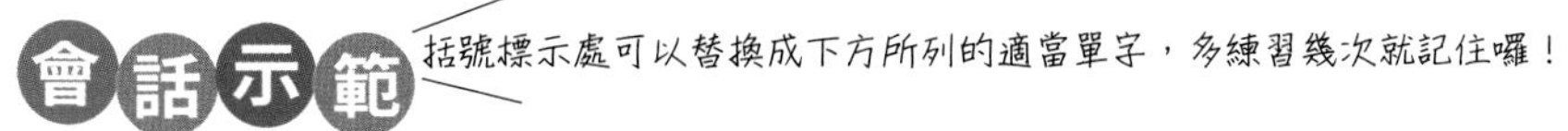

會話示範
括號標示處可以替換成下方所列的適當單字，多練習幾次就記住囉！

ふじわらぶちょう
藤原部長

今日（きょう）のプレゼン、よくやったな。

今日（きょう）は好（す）きなだけ飲（の）んでくれ。

今天的簡報做得不錯。今天你盡量喝吧。

松本佑太（まつもとゆうた）　ありがとうございます。

それじゃあ、【生中（なまちゅう）】①いただきます。

謝謝，那我就點一杯【中杯生啤酒】吧。

藤原部長（ふじわらぶちょう）　松本（まつもと）くんはまだまだ若（わか）いからな。たくさん食（た）べなさい。

松本，你還這麼年輕，應該多吃點。

松本佑太（まつもとゆうた）　では、【カルビ】②とロースとハラミと牛（ぎゅう）タンとレバ刺（さ）しと……

好，那我就點【五花肉】跟里肌肉跟橫膈膜跟牛舌跟生肝……

藤原部長（ふじわらぶちょう）　もうそのへんにしておけ。

給我節制一點。

可替換字詞

① 焼酎（しょうちゅう）の麦（むぎ）/芋（いも）、日本酒（にほんしゅ）、梅酒（うめしゅ）、熱燗（あつかん）、酎（ちゅう）ハイ

（大麥／薯燒酎、日本酒、梅酒、燒酒、燒酎調酒）

② 葱塩（ねぎしお）タン、ホルモン、ミノ、ハチノス、センマイ、ハツ、ユッケ

（蔥鹽牛舌、內臟、瘤胃、蜂巢胃、牛百頁、牛心、生拌牛肉）

5

お正月に何を食べる？

過年都吃些什麼？

川村，你家過年都吃些什麼？
從元旦到初三都吃年節料理。

年菜 相關用語 依中文｜唸法（平假名／片假名）｜寫法（漢字）排列

MP3 4-05-01

年菜	おせち	御節
可以保存	ほぞんがきく	保存が利く
能長期保存的食物	ほぞんしょく	保存 食

年菜

大年初一到初三	さんがにち	三箇日
不開伙	ひをつかわない	火を使わない
多層漆器木盒	じゅうばこ	重箱
～層	～だん	～段
疊	かさねる	重ねる
諧音	ごろあわせ	語呂合わせ
黑豆	くろまめ	黒豆
健康／勤勉	まめ	忠実
鯛魚	たい	鯛
可喜可賀（與鯛魚諧音）	めでたい	めでたい
高興	よろこぶ	喜ぶ
鯡魚卵	かずのこ	数の子
多子多孫	こだからにめぐまれる	子宝に恵まれる
小魚乾／耕田	たづくり	田作り
蝦子	えび	海老
長壽	ながいき	長生き
紅白魚板	こうはくかまぼこ	紅白蒲鉾
日出	ひので	日の出
蓮藕	れんこん	蓮根

預見未來	さきをみとおす	先を見通す

壽司 相關用語 依中文｜唸法（平假名／片假名）｜寫法（漢字）排列

MP3 4-05-02

壽司	すし	寿司
配料	ねた	ねた
鮪魚肚	とろ	とろ
鮪魚	まぐろ	鮪
鮭魚	サーモン	サーモン
鰤魚	はまち	はまち
墨魚	いか	烏賊
章魚	たこ	蛸
鰻魚	うなぎ	鰻
海膽	うに	海胆
鮭魚卵	いくら	いくら
日式煎蛋卷	たまごやき	卵焼き
芥末	わさび	わさび
醬油	しょうゆ	醤油
握壽司	にぎりずし	握り寿司

卷壽司	まきずし	巻き寿司
粗卷壽司	ふとまき	太巻き
手卷壽司	てまきずし	手巻き寿司
散壽司	ちらしずし	散し寿司
軍艦壽司	ぐんかんまき	軍艦巻き
小黃瓜細卷	かっぱまき	河童巻き
鮪魚細卷	てっかまき	鉄火巻き
豆皮壽司	いなりずし	稲荷寿司
迴轉壽司	かいてんずし	回転寿司

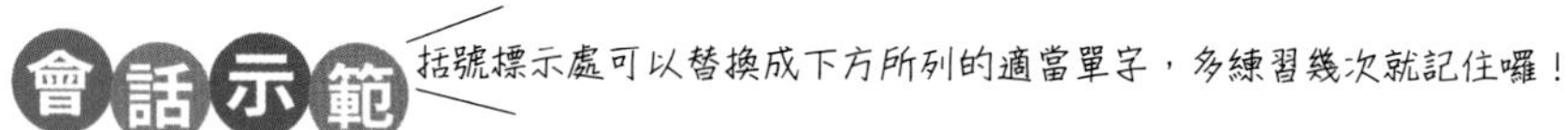
會話示範
括號標示處可以替換成下方所列的適當單字，多練習幾次就記住囉！

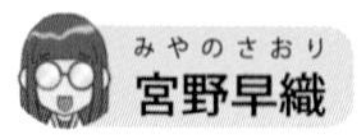
みやのさおり
宮野早織

川村君（かわむらくん）のうちは、お正月（しょうがつ）に何（なに）を食（た）べる？

川村，你家過年都吃些什麼？

かわむらせいじ
川村誠司

三箇日（さんがにち）、ずっと御節（おせち）。【黒豆（くろまめ）】①好（ず）きだからいいんだけどさ。

從元旦到初三都吃年節料理。我喜歡吃【黑豆】，所以無所謂。

宮野早織　そうなんだ。うちは１日は御節だけど、２日は親戚がみんな集まるから、手巻き寿司なんだ。
【鮪】②とか卵焼きとか、みんなでねたを持ち寄るんだ。

原來如此。我家只有元旦那天吃年節料理，初二親戚們會聚餐，吃的是手卷壽司。
材料是【鮪魚】或煎蛋之類，每個親戚都會帶一些過來。

それ、楽しそうだなぁ。

一定很有意思。

可替換字詞

① 鯛、数の子、海老、紅白蒲鉾、蓮根
（鯛魚、鯡魚卵、蝦子、紅白魚板、蓮藕）

② サーモン、はまち、いか、たこ、うなぎ、うに、いくら
（鮭魚、鰤魚、墨魚、章魚、鰻魚、海膽、鮭魚卵）

6

どんなパスタが好(す)き？

你喜歡吃什麼樣的義大利麵？

妳喜歡吃什麼樣的義大利麵？
唔，我喜歡吃粗的義大利麵。

牛奶 相關用語 依中文｜唸法（平假名／片假名）｜寫法（漢字）排列

MP3 4-06-01

牛奶	ぎゅうにゅう	牛乳(ぎゅうにゅう)
優格	ヨーグルト	ヨーグルト
起司	チーズ	チーズ

奶油	バター	バター
奶粉	こなミルク	粉(こな)ミルク
鈣質	カルシウム	カルシウム
新鮮	しんせん	新鮮(しんせん)
營養	えいよう	栄養(えいよう)
好喝	おいしい	美味(おい)しい
過期	きげんぎれ	期限切(きげんぎ)れ
吃壞肚子	おなかをこわす	お腹(なか)を壊(こわ)す
牛奶盒	ぎゅうにゅうバック	牛乳(ぎゅうにゅう)バック
回收	リサイクル	リサイクル
乳牛	にゅうぎゅう	乳牛(にゅうぎゅう)
奶	ちち	乳(ちち)
擠	しぼる	搾(しぼ)る
殺菌	さっきん	殺菌(さっきん)
牧場	ぼくじょう	牧場(ぼくじょう)
牧草	ぼくそう	牧草(ぼくそう)
飼料	しりょう	飼料(しりょう)
鮮奶油	なまクリーム	生(なま)クリーム
乳酸飲料	にゅうさんいんりょう	乳酸飲料(にゅうさんいんりょう)

乳製品	にゅうせいひん	にゅうせいひん 乳製品
抗生素	こうせいぶっしつ	こうせいぶっしつ 抗生物質
雌激素	じょせいホルモン	じょせい 女性ホルモン

義大利麵 相關用語 依中文｜唸法（平假名／片假名）｜寫法（漢字）排列

MP3 4-06-02

義大利麵	パスタ	パスタ
細	ほそい	ほそ 細い
粗	ふとい	ふと 太い
扁	ひらたい	ひら 平たい
蝴蝶結（麵）	リボン	リボン
螺旋（麵）	ねじ	ねじ 螺子
通心粉	マカロニ	マカロニ
千層麵	ラザニア	ラザニア
番茄醬	トマトソース	トマトソース
肉醬	ミートソース	ミートソース
白醬	ホワイトソース	ホワイトソース
橄欖油	オリーブオイル	オリーブオイル
澆上	かける	か 掛ける

麵芯	しん	芯（しん）
彈牙	アルデンテ	アルデンテ
撈起	すくいだす	掬（すく）い出（だ）す
小火	よわび	弱火（よわび）
大火	つよび	強火（つよび）
起司粉	こなチーズ	粉（こな）チーズ
裝盤	おさらにもる	お皿（さら）に盛（も）る
荷蘭芹	パセリ	パセリ
捲起來	クルクルまく	クルクル巻（ま）く
培根蛋麵	カルボナーラ	カルボナーラ
香蒜義大利麵	ペペロンチーノ	ペペロンチーノ

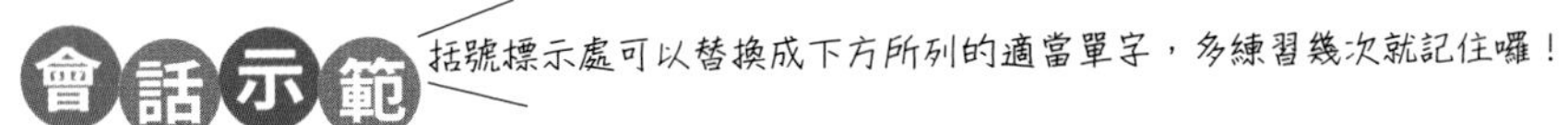
會話示範
括號標示處可以替換成下方所列的適當單字，多練習幾次就記住囉！

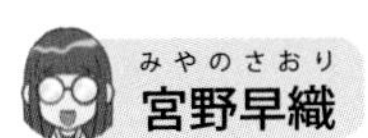
みやのさおり
宮野早織

加恋（かれん）はどんなパスタが好（す）き？

加恋，妳喜歡吃什麼樣的義大利麵？

きのしたかれん
木下加恋

うーん、【太（ふと）いパスタ】①かなぁ。

唔，我喜歡吃【粗的義大利麵】。

そうなんだ。今日(きょう)はカルボナーラを作(つく)ろうと思(おも)ってるんだけど、大丈夫(だいじょうぶ)？

這樣啊，今天想做培根蛋麵，妳 ok 嗎？

きのしたかれん
木下加恋

うん。【チーズ】②でもヨーグルトでも、乳製品(にゅうせいひん)は何(なん)でも大丈夫(だいじょうぶ)だよ。

嗯，不管是【乳酪】還是優格，任何乳製品都沒問題。

よかった。

太好了。

可替換字詞

① 細(ほそ)いパスタ、平(ひら)たいパスタ、マカロニ、ラザニア

（細的義大利麵、扁的義大利麵、通心粉、千層麵）

② バター、生(なま)クリーム、粉(こな)チーズ

（奶油、鮮奶油、起司粉）

7

このサンドイッチ、すっごくうまいな。

這個三明治好好吃。

馬鈴薯沙拉 相關用語 依中文｜唸法（平假名／片假名）｜寫法排列

MP3
4-07-01

馬鈴薯沙拉	ポテトサラダ	ポテトサラダ
馬鈴薯	じゃがいも	じゃがいも
皮	かわ	皮（かわ）

削皮器	かわむきき	皮剥き器
挖除芽眼	めをとる	芽を取る
毒	どく	毒
煮	ゆでる	茹でる
熱開水	おゆ	お湯
燙	あつい	熱い
竹籤	たけぐし	竹串
穿過	かんつう	貫通
放涼	さます	冷ます
壓碎	つぶす	潰す
調味	あじつけ	味付け
調味料	ちょうみりょう	調味料
醋	す	酢
美乃滋	マヨネーズ	マヨネーズ
黑胡椒	くろこしょう	黒胡椒
火腿	ハム	ハム
小黃瓜	きゅうり	黄瓜
水煮蛋	ゆでたまご	茹で卵
拌勻	よくまぜる	よく混ぜる

夾進吐司	トーストにはさむ	トーストに挟む
萵苣	レタス	レタス

餅乾 相關用語 依中文｜唸法（平假名／片假名）｜寫法（漢字）排列

MP3 4-07-02

餅乾	クッキー	クッキー
砂糖	さとう	砂糖
鹽	しお	塩
大匙／湯匙	おおさじ	大匙
小匙／茶匙	こさじ	小匙
蛋	たまご	卵
蛋黃	きみ	黄身
蛋白	しろみ	白身
打蛋器	あわだてき	泡立て器
無鹽奶油	むえんバター	無塩バター
麵粉	こむぎこ	小麦粉
低筋麵粉	はくりきこ	薄力粉
中筋麵粉	ちゅうりきこ	中力粉
高筋麵粉	きょうりきこ	強力粉

泡打粉	ベーキングパウダー	ベーキングパウダー
揉	こねる	捏ねる
麵團	きじ	生地
麵棍	めんぼう	麺棒
厚度	あつさ	厚さ
餅乾模型	ぬきがた	抜き型
巧克力豆	チョコチップ	チョコチップ
香草精	バニラエッセンス	バニラエッセンス
烤箱	オーブン	オーブン
烤	やく	焼く
食譜	レシピ	レシピ

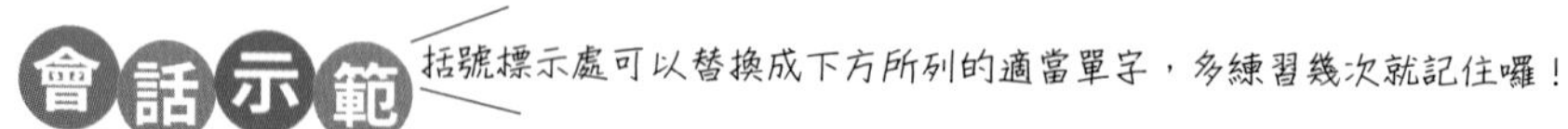

このサンドイッチ、すっごくうまいな。

遺個三明治好好吃。

ありがとう。ポテトサラダの中の【茹で卵】①がいい感じでしょ。

謝謝。馬鈴薯沙拉裡的【水煮蛋】恰到好處吧？

川村誠司（かわむらせいじ）　うん。それに、この食（しょく）パンはどこで買（か）ったの？

是啊。還有，這個吐司麵包是在哪裡買的？

宮野早織（みやのさおり）　これはね、自分（じぶん）で焼（や）いたんだよ。

這是我自己烤的。

川村誠司（かわむらせいじ）　えっ、【小麦粉（こむぎこ）】②や卵（たまご）から生地（きじ）を捏（こ）ねて焼（や）いたってこと？

咦？妳的意思是妳自己拿【麵粉】跟雞蛋，揉麵糰烤出來的？

宮野早織（みやのさおり）　うん、そうだよ。

嗯，是啊。

可替換字詞

① マヨネーズ、黒胡椒（くろこしょう）、ハム、きゅうり

（美乃滋、黑胡椒、火腿、小黃瓜）

② 無塩（むえん）バター、薄力粉（はくりきこ）、強力粉（きょうりきこ）

（無鹽奶油、低筋麵粉、高筋麵粉）

8

かわいいカフェね。

好可愛的咖啡廳。

咖啡 相關用語 依中文｜唸法（平假名／片假名）｜寫法（漢字）排列

MP3
4-08-01

咖啡	コーヒー	コーヒー
豆子	まめ	豆（まめ）
焙煎	いる	煎る（い）

研磨	ひく	挽く
沖泡	いれる	淹れる
味道	あじ	味
甜	あまい	甘い
酸	すっぱい	酸っぱい
味道很香	かおりがいい	香りがいい
咖啡因	カフェイン	カフェイン
加糖	さとうをいれる	砂糖を入れる
加牛奶	ミルクをいれる	ミルクを入れる
攪拌	かきまぜる	掻き混ぜる
消除睡意	ねむけをさます	眠気を覚ます
睡不著	ねむれない	眠れない
去冰	こおりなし	氷無し
黑咖啡	ブラックコーヒー	ブラックコーヒー
濃縮咖啡	エスプレッソコーヒー	エスプレッソコーヒー
拿鐵	カフェラテ	カフェラテ
卡布奇諾	カプチーノ	カプチーノ
拉花	ラテアート	ラテアート
咖啡杯	コーヒーカップ	コーヒーカップ

蛋糕 相關用語 依中文｜唸法（平假名／片假名）｜寫法（漢字）排列

MP3 4-08-02

中文	唸法	寫法
蛋糕	ケーキ	ケーキ
聖誕蛋糕	クリスマスケーキ	クリスマスケーキ
草莓	いちご	苺（いちご）
鮮奶油	ホイップクリーム	ホイップクリーム
海綿蛋糕	スポンジケーキ	スポンジケーキ
裝飾	デコレーション	デコレーション
蠟燭	ろうそく	蝋燭（ろうそく）
紙盤	かみざら	紙皿（かみざら）
叉子	フォーク	フォーク
刀子	ナイフ	ナイフ
乾冰	ドライアイス	ドライアイス
草莓蛋糕	ショートケーキ	ショートケーキ
巧克力蛋糕	チョコレートケーキ	チョコレートケーキ
乳酪蛋糕	チーズケーキ	チーズケーキ
瑞士捲	ロールケーキ	ロールケーキ
年輪蛋糕	バームクーヘン	バームクーヘン

蒙布朗	モンブラン	モンブラン
千層蛋糕	ミルクレープ	ミルクレープ
提拉米蘇	ティラミス	ティラミス
蜂蜜蛋糕	カステラ	カステラ
格子鬆餅	ワッフル	ワッフル
泡芙	シュークリーム	シュークリーム
蛋塔／水果塔	タルト	タルト
蘋果派	アップルパイ	アップルパイ
慕斯	ムース	ムース

蛋糕

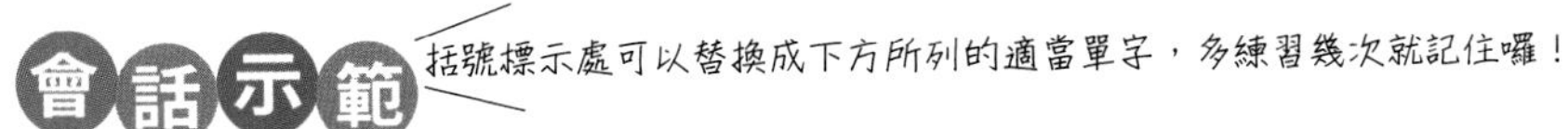

かわいいカフェね。

好可愛的咖啡廳。

ここ、【コーヒー】①が有名（ゆうめい）らしいよ。

聽說這裡的【咖啡】很有名呢。

そうなんだ。ケーキもたくさんあるね。

私（わたし）、【チーズケーキ】②にしようかな。

でも、アップルパイもおいしそう。

原來如此。這裡也有好多蛋糕。我想點【乳酪蛋糕】。

但是蘋果派看起來也好好吃。

ぼくがそれを頼(たの)むから、半分(はんぶん)にしようか。

不然我點那個，分妳一半吧。

可替換字詞

① エスプレッソコーヒー、カフェラテ、カプチーノ、ラテアート
（濃縮咖啡、拿鐵咖啡、卡布奇諾咖啡、拉花）

② ショートケーキ、チョコレートケーキ、ロールケーキ、モンブラン、ミルクレープ、ティラミス、ワッフル、シュークリーム、タルト、ムース
（草莓蛋糕、巧克力蛋糕、瑞士捲、蒙布朗、千層蛋糕、提拉米蘇、格子鬆餅、泡芙、水果塔、慕斯）

9

今(いま)からコンビニへ行(い)ってくるけど、何(なに)かいる？ 我現在要去便利商店，你有沒有要買什麼？

我現在要去便利商店，
你有要買什麼嗎？
幫我買綠茶，
寶特瓶裝的。

茶 **相關用語** 依中文｜唸法（平假名／片假名）｜寫法（漢字）排列

MP3 4-09-01

茶	おちゃ	お茶(ちゃ)
喝	のむ	飲(の)む

啜飲	すする	啜る
濃	こい	濃い
淡	うすい	薄い
苦	にがい	苦い
澀	しぶい	渋い
煎茶	せんちゃ	煎茶
綠茶	りょくちゃ	緑茶
玄米茶	げんまいちゃ	玄米茶
麥茶	むぎちゃ	麦茶
新茶	しんちゃ	新茶
粗茶	ばんちゃ	番茶
茶葉	ちゃば	茶葉
茶壺	きゅうす	急須
泡	いれる	淹れる
第一泡	でばな	出花
第二泡	にばんせんじ	二番煎じ
泡到無味	でがらし	出涸らし
茶包	ティーパック	ティーパック
茶杯	ゆのみ	湯呑み

茶葉梗	ちゃばしら	茶柱
茶托	ちゃたく	茶托
茶盤	おぼん	お盆
茶點	おちゃうけ	お茶請け
茶友	ちゃのみともだち	茶飲み友達

零食 相關用語 依中文｜唸法（平假名／片假名）｜寫法（漢字）排列

MP3
4-09-02

百琪	ポッキー	ポッキー
百力滋	プリッツ	プリッツ
固力果	グリコ	グリコ
盒子	はこ	箱
包裝	ほうそう	包装
一根	いっぽん	一本
酥脆	さくさく	さくさく
細長	ほそながい	細長い
融化	とける	溶ける
零食	おかし	お菓子
欲罷不能	やめられない	止められない

巧克力	チョコレート	チョコレート
巧克力香蕉	チョコバナナ	チョコバナナ
草莓口味	イチゴあじ	イチゴ味（あじ）
抹茶	まっちゃ	抹茶（まっちゃ）
巨無霸（大尺寸的百琪）	ジャイアント	ジャイアント
限定版	げんていばん	限定版（げんていばん）
火箭	ロケット	ロケット

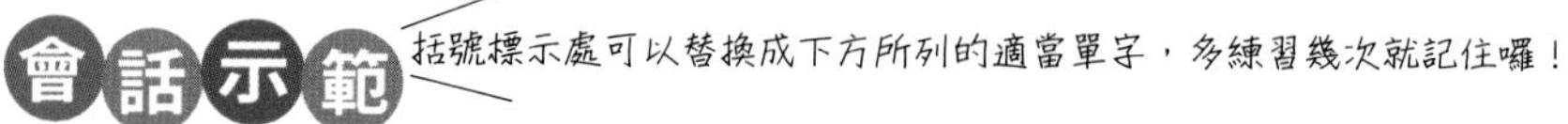
會話示範
括號標示處可以替換成下方所列的適當單字，多練習幾次就記住囉！

木下加恋（きのしたかれん）：今（いま）からコンビニへ行（い）ってくるけど、何（なに）かいる？

我現在要去便利商店，你有沒有要買什麼？

山田広輝（やまだこうき）：【緑茶（りょくちゃ）】①、お願（ねが）い。ペットボトルのやつ。

幫我買【綠茶】，寶特瓶裝的。

木下加恋（きのしたかれん）：他（ほか）には？

還有嗎？

山田広輝（やまだこうき）：今（いま）CM（シーエム）でやってる、限定版（げんていばん）の【ポッキー】②も買（か）ってきて。

還有現在在廣告的限定版【百琪】。

オッケー！ 2 箱(ふたはこ)買(か)っていい？山田(やまだ)くんのおごり。

OK ！我能買兩盒嗎？請我吃一盒。

この前(まえ)、課題(かだい)見(み)せてくれたし、仕方(しかた)ないなぁ。

妳上次分我看作業，我也只能答應了。

可替換字詞

① 煎茶(せんちゃ)、玄米茶(げんまいちゃ)、麦茶(むぎちゃ)、新茶(しんちゃ)、番茶(ばんちゃ)

（煎茶、玄米茶、麥茶、新茶、粗茶）

② お菓子(かし)、プリッツ、チョコレート

（零食、百力滋、巧克力）

PART 5
生活

1

何見てるの？

（なにみ）

你在看什麼？

媽媽，妳在看什麼？
愛理的結婚典禮的相簿。

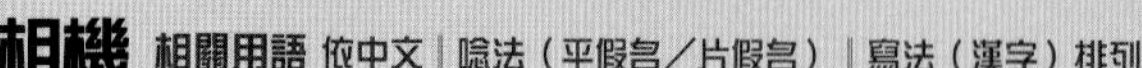

相機 相關用語 依中文｜唸法（平假名／片假名）｜寫法（漢字）排列

MP3 5-01-01

照相機	カメラ	カメラ
鏡頭	レンズ	レンズ
變焦鏡頭	ズームレンズ	ズームレンズ

閃光燈	フラッシュ	フラッシュ
腳架	さんきゃく	三脚
照片	しゃしん	写真
相簿	アルバム	アルバム
拍	とる	撮る
焦距	ピント	ピント
彩色	カラー	カラー
黑白	しろくろ	白黒
數位相機	デジタルカメラ	デジタルカメラ
單眼相機	いちがんレフカメラ	一眼レフカメラ
背景	はいけい	背景
脫帽	ぼうしをぬぐ	帽子を脱ぐ
露耳	みみをだす	耳を出す
失焦	ピンぼけ	ピン暈け
對準	あわせる	合わせる
清楚	はっきり	はっきり
模糊	ぼける	暈ける
連拍	れんしゃ	連写
手震	てぶれ	手振れ

畫素	がそ	画素
微笑偵測功能	えがおにんしき	笑顔認識
全景攝影	パノラマさつえい	パノラマ撮影

結婚 相關用語 依中文｜唸法（平假名／片假名）｜寫法（漢字）排列

MP3
5-01-02

婚禮	けっこんしき	結婚式
典禮	しき	式
舉行	あげる	挙げる
禮拜堂	チャペル	チャペル
可喜可賀	めでたい	目出度い
新娘	はなよめ	花嫁
新郎	はなむこ	花婿
戒指	ゆびわ	指輪
交換	こうかん	交換
戴	はめる	嵌める
喜宴	ひろうえん	披露宴
喜帖	しょうたいじょう	招待状
禮金	ごしゅうぎ	ご祝儀

包	つつむ	包む
婚紗	ウェディングドレス	ウェディングドレス
新娘換禮服	おいろなおし	お色直し
點蠟燭儀式	キャンドルサービス	キャンドルサービス
結婚蛋糕	ウェディングケーキ	ウェディングケーキ
切蛋糕儀式	ケーキにゅうとう	ケーキ入刀
餘興節目	よきょう	余興
跳馬背	うまとび	馬跳び
捧花	ブーケ	ブーケ
丟捧花	ブーケトス	ブーケトス
婚宴回禮	ひきでもの	引き出物
新娘秘書	ウェディングプランナー	ウェディングプランナー

結婚

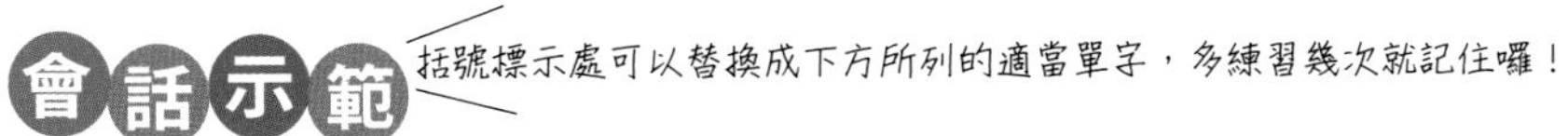

お母さん、何見てるの？

媽媽，妳在看什麼？

愛理の結婚式の時のアルバムよ。

愛理的結婚典禮的相簿。

お姉ちゃんが結婚して、もう一年か。

この【お色直し】①の時の、よく撮れてるね。

姊姊結婚也已經過了一年。

這張【換裝】時拍的照片，拍得真好。

そうね。あっ、こっちの写真は【ピンぼけしちゃってる】②。

對呀。啊，這張照片【焦距沒對好】。

そういえば、この写真、お母さんが泣きながら撮ってたのだよ。

媽媽，這張照片是妳邊哭邊拍的。

可替換字詞

① 指輪交換、披露宴、ウェディングドレス、キャンドルサービス、ケーキ入刀、ブーケトス

（交換戒指、喜宴、穿著白紗、點蠟燭、切蛋糕、丟捧花）

② 暈けてる、手振れしている、ピントが合っていない、フラッシュを忘れている

（糊掉了、手震了、失焦了、忘記開閃光燈）

2

髮型変えた？

你換髮型了？

嗯，我剪了頭髮。
很適合妳呢。
啊，妳的眼鏡也換了？

髮廊 相關用語 依中文｜唸法（平假名／片假名）｜寫法（漢字）排列

MP3 5-02-01

髮廊	びよういん	美容院（びよういん）
洗頭	シャンプー	シャンプー
剪髮	カット	カット

燙髮	パーマ	パーマ
染髮	カラー	カラー
美髮師	スタイリスト	スタイリスト
髮型	かみがた	髪型（かみがた）
髮型目錄	ヘアカタログ	ヘアカタログ
頭髮	かみのけ	髪（かみ）の毛（け）
軟	やわらかい	軟（やわ）らかい
硬	かたい	硬（かた）い
細	ほそい	細（ほそ）い
粗	ふとい	太（ふと）い
乾燥	パサパサ	パサパサ
頭髮分岔	えだげ	枝毛（えだげ）
塌	ぺたんこ	ぺたんこ
蓬鬆	ふっくら	ふっくら
瀏海	まえがみ	前髪（まえがみ）
側面	よこ	横（よこ）
鬢角	もみあげ	揉（も）み上（あ）げ
後面	うしろ	後（うし）ろ
頭頂	うえ	上（うえ）

剪短	みじかくする	短(みじか)くする
留長	のばす	伸(の)ばす
推高	かりあげる	刈(か)り上(あ)げる
打薄	すく	梳(す)く

眼鏡 相關用語 依中文｜唸法（平假名／片假名）｜寫法（漢字）排列

MP3
5-02-02

眼鏡	めがね	眼鏡(めがね)
戴	かける	掛(か)ける
摘下	はずす	外(はず)す
配	つくる	作(つく)る
合適	あう	合(あ)う
鏡片	レンズ	レンズ
度數	どすう	度数(どすう)
深	つよい	強(つよ)い
淺	よわい	弱(よわ)い
刮傷	きず	傷(きず)
鏡框	フレーム	フレーム
無框	ふちなし	縁(ふち)なし

鏡架	つる	蔓
鼻托	はなあて	鼻あて
歪	ゆがむ	歪む
眼科	がんか	眼科
視力檢查	しりょくけんさ	視力検査
近視	きんし	近視
遠視	えんし	遠視
散光	らんし	乱視
老花眼	ろうがん	老眼
太陽眼鏡	サングラス	サングラス
眼鏡盒	めがねケース	眼鏡ケース
隱形眼鏡	コンタクトレンズ	コンタクトレンズ

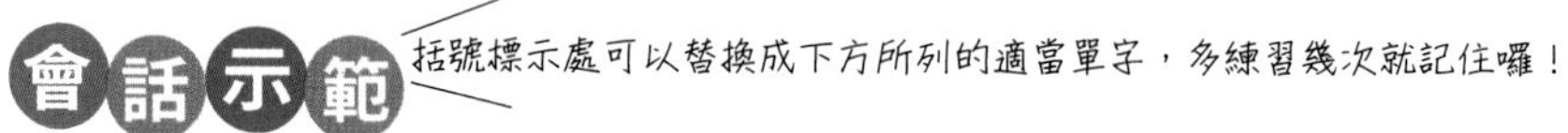
會話示範
括號標示處可以替換成下方所列的適當單字，多練習幾次就記住囉！

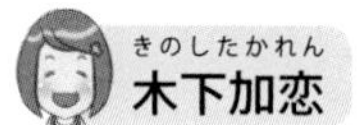
きのしたかれん
木下加恋

真波、髪型変えた？

真波，妳換髮型了？

さとうまなみ
佐藤真波

うん。【カットした】①んだ。

嗯，我【剪】了頭髮。

木下加恋(きのしたかれん)

すっごく似合(にあ)ってるよ。

あれ、それに眼鏡(がんきょう)も変(か)えたんだ。

很適合妳呢。

啊，妳的眼鏡也換了？

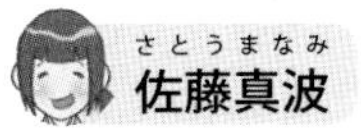

佐藤真波(さとうまなみ)

前(まえ)のは【度数(どすう)が合(あ)わなくなっちゃった】②んだ。

原本的眼鏡【度數不夠】了。

木下加恋(きのしたかれん)

そうなんだ。イメチェンだね。

好(す)きな人(ひと)でもできたの？

原來如此。整個人改變了形象，是不是有了喜歡的人？

可替換字詞

① パーマをあてた、カラーした、梳(す)いた

（燙、染、打薄）

② レンズに傷(きず)がついちゃった、鼻(はな)あてが歪(ゆが)んじゃった

（鏡片刮傷、鼻托歪掉）

3

もう出る時間だよ。

差不多該出門了。

妳怎麼還在發呆？
差不多該出門了。
我正煩惱今天
該穿哪雙鞋……

整理儀容 相關用語 依中文｜唸法（平假名／片假名）｜寫法（漢字）排列

MP3
5-03-01

中文	唸法	寫法
漱口	うがいをする	うがいをする
刷牙	はをみがく	歯を磨く
刮鬍子	ひげをそる	髭を剃る

洗臉	かおをあらう	顔(かお)を洗(あら)う
梳頭髮	かみをとかす	髪(かみ)を梳(と)かす
吹頭髮	ドライヤーでかみをかわかす	ドライヤーで髪(かみ)を乾(かわ)かす
化妝	メイクをする／けしょうをする	メイクをする／化粧(けしょう)をする
擦口紅	くちべにをひく	口紅(くちべに)を引(ひ)く
畫眼線	アイラインをひく	アイラインを引(ひ)く
換衣服	きがえる	着替(きが)える

鞋子 相關用語 依中文｜唸法（平假名／片假名）｜寫法（漢字）排列

MP3
5-03-02

鞋子	くつ	靴(くつ)
穿	はく	履(は)く
脫	ぬぐ	脱(ぬ)ぐ
擦	みがく	磨(みが)く
修	なおす	直(なお)す
尺寸	サイズ	サイズ
太緊	きつい	きつい

鞋子

太鬆	ぶかぶか	ぶかぶか
磨腳	くつずれ	靴擦れ
鞋底	くつぞこ	靴底
腳尖	つまさき	爪先
後跟	かかと	踵
磨損	すりへる	磨り減る
破洞	あながあく	穴が空く
鞋帶	くつひも	靴紐
繫	むすぶ	結ぶ
解開	ほどく	解く
皮鞋	かわぐつ	革靴
高跟鞋	ハイヒール	ハイヒール
長筒靴	ブーツ	ブーツ
運動鞋	スニーカー	スニーカー
室內拖鞋	スリッパ	スリッパ
涼鞋／室外拖鞋	サンダル	サンダル
鞋櫃	げたばこ	下駄箱
鞋拔	くつべら	靴べら

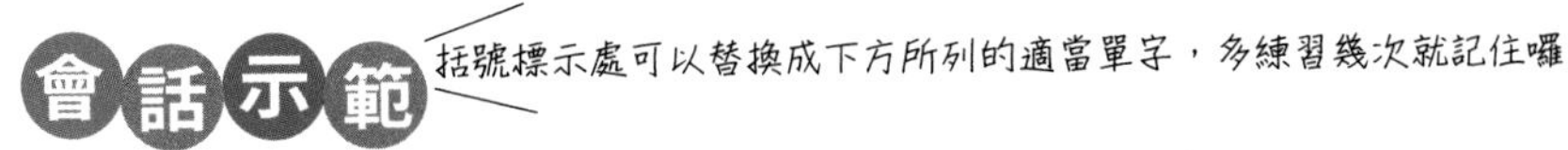
會話示範
括號標示處可以替換成下方所列的適當單字，多練習幾次就記住囉！

木下加恋(きのしたかれん)：早織(さおり)、おはよう。泊(と)めてくれてありがとね。

早織，早安。謝謝妳讓我住下來。

宮野早織(みやのさおり)：おはよう。ううん。いつでも来(き)て。

朝(あさ)ご飯(はん)できてるから、早(はや)く【顔(かお)でも洗(あら)って】①きて。

早安。別客氣，隨時可以來住。

我做好早飯了，快去【洗臉】吧。

木下加恋(きのしたかれん)：早織(さおり)、何(なに)してるの？もう出(で)る時間(じかん)だよ。

早織，妳在做什麼？差不多該出門了。

宮野早織(みやのさおり)：今日(きょう)はどの靴(くつ)を履(は)こうか迷(まよ)ってて……。

我在煩惱今天該穿哪雙鞋……

木下加恋(きのしたかれん)：その服(ふく)だったら、この【革靴(かわぐつ)】②が合(あ)うんじゃない？

妳今天的衣服，配這雙【皮鞋】最合適吧？

可替換字詞

① シャワーを浴（あ）びて、メイクをして、着替（きか）えて

（淋浴、化妝、換衣服）

② ハイヒール、ブーツ、スニーカー、サンダル

（高跟鞋、長靴、運動鞋、涼鞋）

4

わぁ、いいなぁ。

哇，真羨慕。

成人節真是累死我了。不過我媽媽幫我穿了振袖和服。
加恋，我記得妳的母親是美容師？

化妝 相關用語 依中文｜唸法（平假名／片假名）｜寫法（漢字）排列

MP3 5-04-01

化妝	けしょう	化粧（けしょう）
洗臉	せんがん	洗顔（せんがん）
保濕乳霜	ほしつクリーム	保湿（ほしつ）クリーム

防曬乳	ひやけどめ	日(ひ)焼(や)け止(ど)め
皮膚	はだ	肌(はだ)
粉底液	リキッドファンデーション	リキッド ファンデーション
粉餅	パウダーファンデーション	パウダー ファンデーション
遮瑕	コンシーラー	コンシーラー
黑斑	しみ	染(し)み
雀斑	そばかす	蕎麦滓(そばかす)
黑眼圈	くま	隈(くま)
刷子	ブラシ	ブラシ
蜜粉	フェイスパウダー	フェイスパウダー
眉毛	まゆげ	眉毛(まゆげ)
眉筆	アイブロウ	アイブロウ
眼影	アイシャドウ	アイシャドウ
眼眶	めのまわり	目(め)の周(まわ)り
睫毛	まつげ	睫毛(まつげ)
鼻梁	はなすじ	鼻筋(はなすじ)
眼線	アイライン	アイライン

睫毛膏	マスカラ	マスカラ
睫毛夾	ビューラー	ビューラー
腮紅	チーク	チーク
打亮	ハイライト	ハイライト
口紅	くちべに	口紅（くちべに）
護唇膏	リップクリーム	リップクリーム

成人節 相關用語 依中文｜唸法（平假名／片假名）｜寫法（漢字）排列

MP3 5-04-02

成人節	せいじんのひ	成人（せいじん）の日（ひ）
國定假日	こくみんのしゅくじつ	国民（こくみん）の祝日（しゅくじつ）
元宵節	こしょうがつ	小正月（こしょうがつ）
回鄉探親	きせい	帰省（きせい）
儀式	しき	式（しき）
舉行	おこなう	行（おこな）う
參加	さんか	参加（さんか）
二十歲	はたち	二十歳（はたち）
大人	おとな	大人（おとな）
喝酒	いんしゅ	飲酒（いんしゅ）

成人節

吸菸	きつえん	喫煙
允許	みとめる	認める
投票權	せんきょけん	選挙権
選舉	せんきょ	選挙
長袖和服	ふりそで	振袖
幫人穿和服	きつけ	着付け
盛裝	はれぎ	晴れ着
演講	こうえん	講演
獨立	じりつ	自立
自覺	じかく	自覚
責任	せきにん	責任
擔負	になう	担う
義務	ぎむ	義務
同學會	どうそうかい	同窓会
集合	あつめる	集める

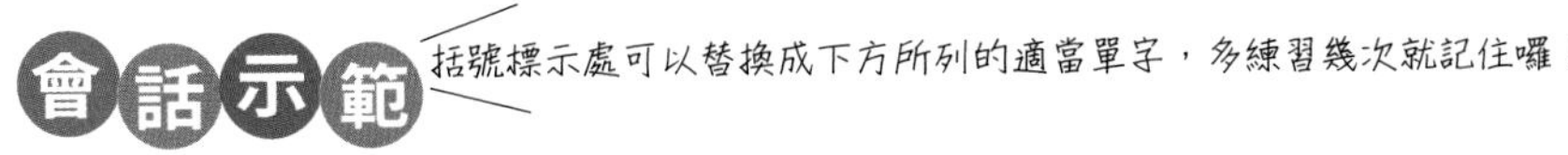
會話示範
括號標示處可以替換成下方所列的適當單字，多練習幾次就記住囉！

木下加恋（きのしたかれん）

成人（せいじん）の日（ひ）、大変（たいへん）だったよ。お母（かあ）さんが振袖（ふりそで）を着付（きつ）けてくれたんだけどね。

成人節真是累死我了。不過我媽媽幫我穿了振袖和服。

宮野早織（みやのさおり）

加恋（かれん）のお母（かあ）さんって、美容師（びようし）だっけ。

加恋，我記得妳的母親是美容師？

木下加恋（きのしたかれん）

うん。【アイブロウ】①にアイシャドウにハイライトにって、化粧（けしょう）も全部（ぜんぶ）やってくれた。

嗯，只要跟化妝有關，從【畫眉毛】、畫眼影到打光什麼的，全部由她一手包辦。

宮野早織（みやのさおり）

わぁ、いいなぁ。

哇，真羨慕。

木下加恋（きのしたかれん）

それはいいんだけど、もう大人（おとな）なんだから【自立（じりつ）】②やら責任（せきにん）やらっていろいろ言（い）われて疲（つか）れたよ。

這部分是很好沒錯，但她對我嘮叨了好久，說什麼我是大人了，以後【要學會獨立】，要負起責任什麼的，真是累死我了。

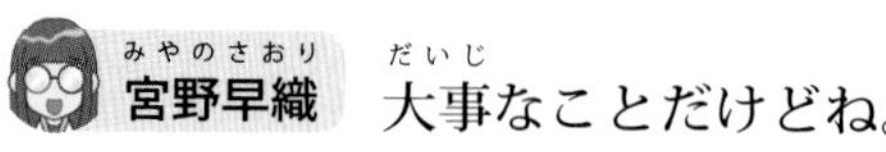

大事(だいじ)なことだけどね。

這也是很重要的事。

可替換字詞

① フェイスパウダー、アイライン、マスカラ、ビューラー、チーク、口紅(くちべに)

（撲蜜粉、畫眼線、擦睫毛膏、夾睫毛、塗腮紅、擦口紅）

② 飲酒(いんしゅ)のこと、喫煙(きつえん)のこと、選挙権(せんきょけん)、義務(ぎむ)

（喝酒要注意、抽菸要注意、有選舉權、要負起義務）

5

外、今日はうるさいね。

今天外頭好吵。

今天外頭好吵。
這間房間離大馬路很近，晚上有時還會聽見歌聲呢。

機車 相關用語 依中文｜唸法（平假名／片假名）｜寫法（漢字）排列

MP3 5-05-01

機車	バイク	バイク
騎	のる	乗る
安全帽	ヘルメット	ヘルメット

鑰匙	かぎ	鍵（かぎ）
引擎	エンジン	エンジン
發動	かける	掛（か）ける
油門	アクセル	アクセル
轉	まわす	回（まわ）す
煞車	ブレーキ	ブレーキ
握	にぎる	握（にぎ）る
燈	ライト	ライト
開	つける	点（つ）ける
關	けす	消（け）す
方向燈	ウインカー	ウインカー
故障	こしょう	故障（こしょう）
修理	しゅうり	修理（しゅうり）
駕照	めんきょ	免許（めんきょ）
拿到	とる	取（と）る
超速	スピードいはん	スピード違反（いはん）
紅綠燈	しんごう	信号（しんごう）
闖紅燈	しんごうむし	信号無視（しんごうむし）
汽油	ガソリン	ガソリン

機車

加油站	ガソリンスタンド	ガソリンスタンド
加滿	まんタン	満(まん)タン
雙載	ふたりのり	二人乗(ふたりの)り

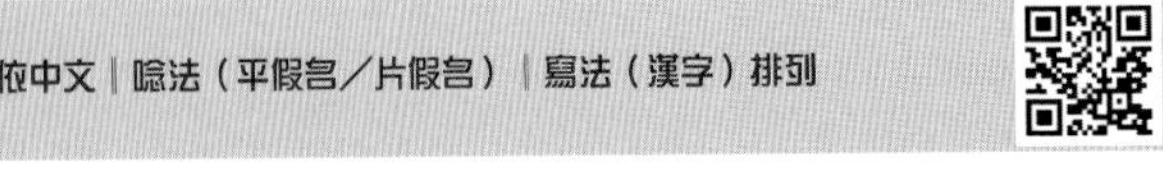

聲音	こえ	声(こえ)
大聲	おおごえ	大声(おおごえ)
小聲	こごえ	小声(こごえ)
尖叫聲	ひめい	悲鳴(ひめい)
歌聲	うたごえ	歌声(うたごえ)
鼻音	はなごえ	鼻声(はなごえ)
歡呼聲	かんせい	歓声(かんせい)
哭聲	なきごえ	泣(な)き声(ごえ)
吆喝聲	かけごえ	掛(か)け声(ごえ)
笑聲	わらいごえ	笑(わら)い声(ごえ)
喊叫聲	さけびごえ	叫(さけ)び声(ごえ)
嗓子沙啞	こえがかれる	声(こえ)が枯(か)れる
聲音嘹亮	こえがとおる	声(こえ)が通(とお)る

聲音

聲音很尖	こえがかんだかい	声が甲高い
鳥叫聲	とりのなきごえ	鳥の鳴き声
聲響	ものおと	物音
腳步聲	あしおと	足音
噪音	そうおん	騒音
雜音	ざつおん	雑音
錄音	ろくおん	録音
嗓音	こわいろ	声色
音色	ねいろ	音色
喪氣話	よわね	弱音
真心話	ほんね	本音
異口同聲	くちをそろえる	口を揃える

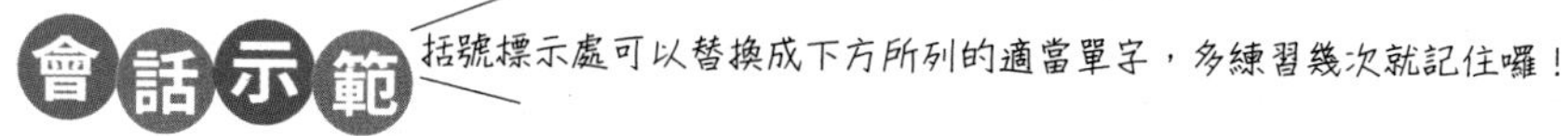
會話示範
括號標示處可以替換成下方所列的適當單字，多練習幾次就記住囉！

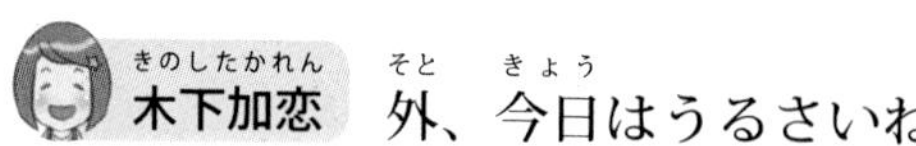
きのしたかれん
木下加恋

外、今日はうるさいね。

今天外頭好吵。

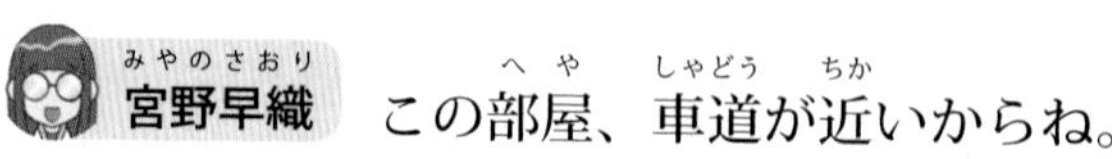
みやのさおり
宮野早織

この部屋、車道が近いからね。

時々だけど、夜に【歌声】①とかも聞こえてくるんだよ。

這間房間離大馬路很近，晚上有時還會聽見【歌聲】呢。

木下加恋

うわぁ。

哇……

宮野早織

一番嫌なのは、そこの車道を走るバイクが【スピード違反】②してるところを見た時かな。いつか事故が起きるんじゃないかと思って……。

最討厭的是，有時會看見馬路上的機車【超速】。我想總有一天會出事吧……

可替換字詞

① 歓声、泣き声、笑い声、叫び声

（歡呼聲、哭泣聲、笑聲、喊叫聲）

② 信号無視

（闖紅燈）

6

ファンになっちゃった。

我成了他的粉絲。

妳知道道路接力賽
選手高野嗎？
他刷新紀錄了呢，
我成了他的粉絲。
那個高野
跟我是童年玩伴。

賽跑 相關用語 依中文｜唸法（平假名／片假名）｜寫法（漢字）排列

MP3 5-06-01

賽跑	かけっこ	かけっこ
50 公尺賽跑	ごじゅうメートルそう	５０（ごじゅう）メートル走（そう）
各就各位	いちについて	位置（いち）について

預備	ようい	用意
開始	ドン	ドン
冠軍	いっとうしょう	一等賞
最後一名	びり	びり
驛傳／道路接力賽	えきでん	駅伝
田徑	りくじょう	陸上
比賽	きょうぎ	競技
長距離	ちょうきょり	長距離
（代替接力棒的）背帶	たすき	襷
傳遞	てわたす	手渡す
接下	うけとる	受け取る
起點	スタート	スタート
終點	ゴール	ゴール
區間（路線其中一段）	くかん	区間
供水站	きゅうすいじょ	給水所
折返點	おりかえしてん	折り返し点
沿途	えんどう	沿道
聲援	せいえん	声援
加速衝刺	とばす	飛ばす

速度	スピード	スピード
控制在	おさえる	抑(おさ)える
步調	ペース	ペース
保持	たもつ	保(たも)つ
勞累	つかれる	疲(つか)れる
精疲力竭	つかれはてる	疲(つか)れ果(は)てる
紀錄	きろく	記録(きろく)
刷新	こうしん	更新(こうしん)
打破	やぶる	破(やぶ)る
自己的紀錄	じこベスト	自己(じこ)ベスト

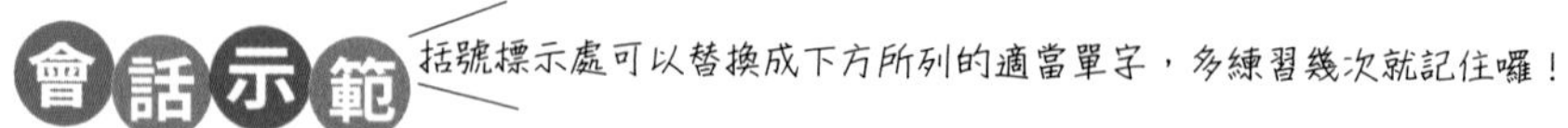
會話示範
括號標示處可以替換成下方所列的適當單字，多練習幾次就記住囉！

みやのさおり
宮野早織

お正月(しょうがつ)は何(なに)してた？

過年期間都在做什麼？

きのしたかれん
木下加恋

テレビで駅伝見(えきでんみ)てたよ。

高野選手(たかのせんしゅ)ってわかる？【記録更新(きろくこうしん)した】①んだよ。

ファンになっちゃった。

看電視上的道路接力賽轉播。

妳知道高野選手嗎？他【刷新紀錄】了呢，我成了他的粉絲。

その高野選手、実は幼なじみなんだ。

那個高野跟我是童年玩伴。

うそー。

不會吧？

ほんと、ほんと。

昔は【かけっこ】②でいつもびりだったんだよ。

真的、是真的。小時候比【跑步】，他總是最後一名。

可替換字詞

① 自己ベスト更新した、記録を破った

（自我突破、破紀錄）

② ５０メートル走、陸上競技

（50 公尺賽跑、田徑比賽）

7

相撲(すもう)を見(み)たことがある？

你看過相撲嗎？

相撲 相關用語 依中文｜唸法（平假名／片假名）｜寫法（漢字）排列

MP3
5-07-01

相撲	すもう	相撲(すもう)
相撲選手	りきし	力士(りきし)
傳統	でんとう	伝統(でんとう)

比賽的搭配	とりくみ	取り組み
會場	ばしょ	場所
相撲場	どひょう	土俵
贏	しろぼし	白星
輸	くろぼし	黒星
職業相撲	おおずもう	大相撲
（相撲選手的）藝名	しこな	四股名
位階排序	ばんづけ	番付
橫綱	よこづな	横綱
大關	おおぜき	大関
關脇	せきわけ	関脇
髮髻	まげ	髷
（正式比賽用的）大銀杏髻	おおいちょう	大銀杏
紮	ゆう	結う
相撲腰帶	まわし	回し
（有刺繡飾布的）相撲腰帶	けしょうまわし	化粧回し
相撲師父	おやかた	親方
裁判	ぎょうじ	行司
（古時指揮軍隊用的）團扇	ぐんばい	軍配

別停下來	はっけよい	はっけよい
再加把勁	のこった	のこった
扳倒	なげたおす	投げ倒す
推出界外	おしだす	押し出す

床 相關用語 依中文｜唸法（平假名／片假名）｜寫法（漢字）排列

MP3 5-07-02

床	ベッド	ベッド
單人	シングル	シングル
雙人	ダブル	ダブル
床墊	マットレス	マットレス
床單	シーツ	シーツ
枕頭	まくら	枕
高	たかい	高い
低	ひくい	低い
枕頭套	まくらカバー	枕カバー
被褥	ふとん	布団
被子	かけぶとん	掛け布団
墊被	しきぶとん	敷き布団

蓋	かける	掛ける
鋪	しく	敷く
疊	たたむ	畳む
厚	あつい	厚い
薄	うすい	薄い
綿	わた	綿
羽毛	うもう	羽毛
羊毛	ようもう	羊毛
毯子	もうふ	毛布

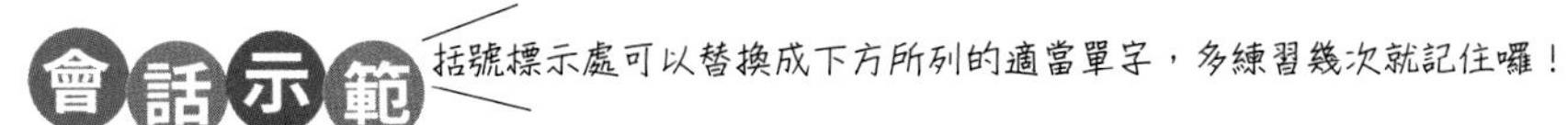
會話示範
括號標示處可以替換成下方所列的適當單字，多練習幾次就記住囉！

さとうまなみ
佐藤真波

相撲（すもう）を見（み）たことがある？

妳看過相撲嗎？

シンディ・バートン テレビだったらあるよ。日本（にほん）の伝統（でんとう）スポーツで、【土俵（どひょう）で力士（りきし）が投（な）げ倒（たお）す】①んだよね。

只在電視上看過。那是日本傳統競技，【相撲力士在土俵上互相較勁】，對吧？

そうそう。それに、横綱(よこづな)とか大関(おおぜき)とか、番付(ばんづけ)があるんだよ。

沒錯，而且相撲力士還有橫綱、大關之類的位階排序。

シンディ・バートン

それより私(わたし)は、どんなベッドで寝(ね)ているかが気(き)になる。

【シングルベッド】②かな？

髷(まげ)があるけど、枕(まくら)は【高(たか)い】③のかな？

比起這個，我更感興趣的是他們睡在什麼樣的床上。

是【單人床】嗎？他們頭上都有髮髻，枕頭是不是【很高】？

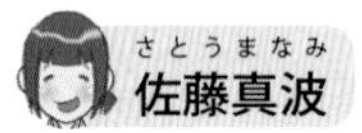

考(かんが)えたことなかったよ……。

我從沒想過這個問題……

可替換字詞

① 行司(ぎょうじ)が「はっけよい、のこった」と言(い)う（裁判會說「別停下來、再加把勁」）

② ダブルベッド、敷(し)き布団(ぶとん)（雙人床、墊被）

③ 低(ひく)い（很低）

8

覚(おぼ)えてないや。

不記得了。

房間亮了一整晚，
大家都睡不著覺，
就只有妳睡著了。
咦？只有我？

睡覺 相關用語 依中文｜唸法（平假名／片假名）｜寫法（漢字）排列

MP3
5-08-01

夢話	ねごと	寝言(ねごと)
睡過頭	ねぼう	寝坊(ねぼう)
睡衣	ねまき	寝巻(ねまき)

翻身	ねがえり	寝返り
睡覺著涼	ねびえ	寝冷え
尿床	ねしょうべん	寝小便
睡亂的頭髮	ねぐせ	寝癖
睡迷糊	ねぼける	寝惚ける
落枕	ねちがえる	寝違える
熱到睡不著	ねぐるしい	寝苦しい
睡臉	ねがお	寝顔
睡姿	ねぞう	寝相
入睡	ねつき	寝付き
起床	ねおき	寝起き
貪睡	ねぎたない	寝穢い
淺眠	いざとい	寝聡い

燈 相關用語 依中文｜唸法（平假名／片假名）｜寫法（漢字）排列

MP3 5-08-02

電燈	でんき／あかり	電気／明かり
光	ひかり	光
亮	あかるい	明るい

暗	くらい	暗い
刺眼	まぶしい	眩しい
照明	しょうめい	照明
開關	スイッチ	スイッチ
檯燈	でんきスタンド	電気スタンド
日光燈	けいこうとう	蛍光灯
燈泡	でんきゅう	電球
小燈泡	まめでんきゅう	豆電球
燈泡壞了	でんきゅうがきれた	電球が切れた
更換	とりかえる	取り替える
手電筒	かいちゅうでんとう	懐中電灯
夜景	やけい	夜景
燈火	ともしび	灯火
月光	つきあかり	月明り
燈塔	とうだい	灯台
走馬燈	そうまとう	走馬燈
點燈	あかりをともす	明かりを灯す
(照得)燈火通明	こうこうとてらす	煌々と照らす
熄燈	しょうとう	消灯

當局者迷　　とうだいもとくらし　　灯台下暗し（とうだいもとくらし）

括號標示處可以替換成下方所列的適當單字，多練習幾次就記住囉！

佐藤真波（さとうまなみ）

高校（こうこう）の時（とき）の修学旅行（しゅうがくりょこう）でさ、旅館（りょかん）の【電気（でんき）】①が壊（こわ）れてたの覚（おぼ）えてる？

高中修學旅行的時候，旅館的【電燈】壞了，妳還記得嗎？

木下加恋（きのしたかれん）

そうだっけ。覚（おぼ）えてないや。

有這回事嗎？我不記得了。

佐藤真波（さとうまなみ）

一晩中（ひとばんじゅう）部屋（べや）が明（あか）るかったんだよ。

みんな寝（ね）られなかったんだけど、加恋（かれん）だけ寝（ね）てた。

房間亮了一整晚，大家都睡不著覺，就只有妳睡著了。

木下加恋（きのしたかれん）

えっ、私（わたし）だけ？

咦？只有我？

佐藤真波（さとうまなみ）

うん。ほんとは加恋（かれん）の【寝言（ねごと）】②がひどくて、笑（わら）い過（す）ぎて寝（ね）られなかったんだけどね。

嗯。其實是因為妳的【夢話】太好笑，大家笑個不停，才會睡不著。

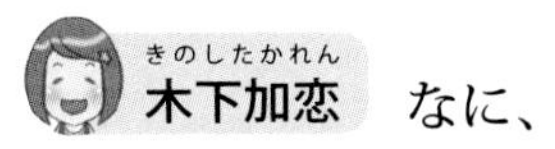

なに、それー。

什麼嘛。

可替換字詞

① 照明(しょうめい)、蛍光灯(けいこうとう)、電球(でんきゅう)

（照明燈、日光燈、電燈泡）

② 寝返(ねがえ)り、寝相(ねぞう)

（睡覺翻身、睡姿）

9

いつお<ruby>風呂<rt>ふろ</rt></ruby>に<ruby>入<rt>はい</rt></ruby>る？

你都幾點洗澡？

妳每天都幾點洗澡？
我的話，都在晚飯後。
我如果沒事，
白天就會先去洗了。

時刻 相關用語 依中文｜唸法（平假名／片假名）｜寫法（漢字）排列

MP3
5-09-01

時刻	じこく	時刻（じこく）
清晨	みめい	未明（みめい）
黎明	あけがた	明け方（あ　がた）

日出	ひので	日の出
天亮	よがあける	夜が明ける
清晨	そうちょう	早朝
早晨	あさ	朝
上午	ごぜん	午前
近中午	ひるまえ	昼前
中午	ひる	昼
正午	しょうご	正午
剛過中午	ひるすぎ	昼過ぎ
下午	ごご	午後
白天	にっちゅう	日中
傍晚	ゆうがた	夕方
黃昏	たそがれ	黄昏
天黑	ひがくれる	日が暮れる
日落	ひのいり	日の入り
剛入夜	よい	宵
晚上	よる	夜
夜深	よがふける	夜が更ける
深夜	しんや	深夜

午夜	よなか	夜中
半夜	やはん	夜半
子夜時分	まよなか	真夜中
三更半夜	うしみつどき	丑三つ時

洗澡 相關用語 依中文｜唸法（平假名／片假名）｜寫法（漢字）排列

MP3 5-09-02

洗澡	ふろにはいる	風呂に入る
洗完澡	ふろからあがる	風呂から上がる
淋浴	シャワーをあびる	シャワーを浴びる
肥皂	せっけん	石鹸
沐浴乳	ボディソープ	ボディソープ
洗髮精	シャンプー	シャンプー
潤髮乳	リンス	リンス
浴室	よくしつ	浴室
浴缸	よくそう	浴槽
臉盆	せんめんき	洗面器
洗手台	せんめんだい	洗面台
燒洗澡水	ふろをわかす	風呂を沸かす

熱水器	ゆわかしき	湯沸かし器
浸泡	つかる	浸かる
水龍頭	じゃぐち	蛇口
轉	ひねる	捻る
熱水	おゆ	お湯
汗垢	あか	垢
木製踏板	すのこ	簀の子
吸水踏墊	あしふきマット	足拭きマット
浴巾	バスタオル	バスタオル
擦	ふく	拭く
吹風機	ドライヤー	ドライヤー
吹乾	かわかす	乾かす
頭髮	かみ	髪

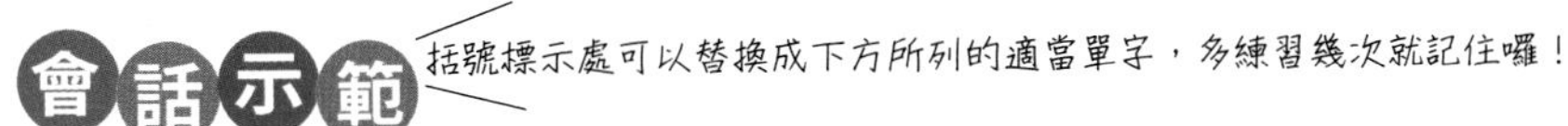

真波は毎日、いつお風呂に入る？

私はだいたい晩ご飯の後かな。

真波，妳每天都幾點洗澡？我通常都是在吃完晚飯後。

佐藤真波：私は、予定がなかったら【昼】①から入るよ。

我如果沒有事，【白天】就會洗澡。

木下加恋：えっ、早いね。

だから週末たまに電話しても出ないんだ。

咦？好早。難怪有時候週末打電話給妳卻沒接。

佐藤真波：うん。ゆっくり【お風呂に入る】②の、気持ちいいんだもん。

嗯，慢慢【洗澡】很舒服。

可替換字詞

① 朝、午前、昼前、昼過ぎ、日中、夕方

（早上、上午、中午前、中午過後、白天、傍晚）

② シャワーを浴びる、お風呂に浸かる、垢を落とす

（沖澡、泡澡、搓澡）

10

縮(ちぢ)むわよ。

都縮水了！

這件衣服要用手洗才行，而且要攤平晾乾。
我還以為所有的衣服都丟洗衣機洗就好了。

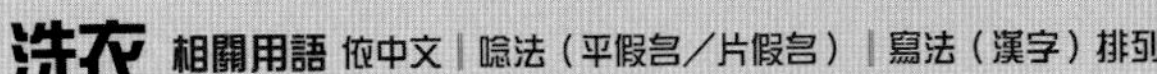

洗衣 相關用語 依中文｜唸法（平假名／片假名）｜寫法（漢字）排列

MP3 5-10-01

洗衣	せんたく	洗濯(せんたく)
洗衣機	せんたくき	洗濯機(せんたくき)
滾筒式	ドラムしき	ドラム式(しき)

洗衣精／粉	せんざい	洗剤（せんざい）
柔軟精	じゅうなんざい	柔軟剤（じゅうなんざい）
漂白水	ひょうはくざい	漂白剤（ひょうはくざい）
泡水	みずにつける	水（みず）に浸（つ）ける
沖洗	あらう	洗（あら）う
洗淨	すすぐ	濯（すす）ぐ
曬	ほす	干（ほ）す
衣架	ハンガー	ハンガー
變乾	かわく	乾（かわ）く
汙垢	よごれ	汚（よご）れ
縮水	ちぢむ	縮（ちぢ）む
掉色	いろおち	色落（いろお）ち
洗衣袋	せんたくネット	洗濯（せんたく）ネット
曬衣夾	せんたくばさみ	洗濯挟（せんたくばさ）み
洗衣板	せんたくいた	洗濯板（せんたくいた）
皺紋	しわ	皺（しわ）
拉平	しわをのばす	皺（しわ）を伸（の）ばす
洗衣店	クリーニングてん	クリーニング店（てん）
自助洗衣店	コインランドリー	コインランドリー

洗衣

水洗	みずあらい	水洗（みずあら）い
手洗	てあらい	手洗（てあら）い
弱水流	じゃくりゅうすい	弱流水（じゃくりゅうすい）
最高水溫	さいこうすいおん	最高水温（さいこうすいおん）
攤平晾乾	ひらぼし	平干（ひらぼ）し
陰涼處	ひかげ	日陰（ひかげ）
吊掛晾乾	つりぼし	吊（つ）り干（ぼ）し
擰	しぼる	絞（しぼ）る
脫水	だっすい	脱水（だっすい）
用熨斗燙	アイロンをかける	アイロンをかける

餐具 相關用語 依中文｜唸法（平假名／片假名）｜寫法（漢字）排列

MP3 5-10-02

餐具	しょっき	食器（しょっき）
刀子	ナイフ	ナイフ
叉子	フォーク	フォーク
戳	さす	刺（さ）す
湯匙	スプーン	スプーン
舀	すくう	掬（すく）う

筷子	はし	箸（はし）
公筷	とりばし	取り箸（とりばし）
一雙筷子	いちぜんのはし	一膳の箸（いちぜんのはし）
盤子	さら	皿（さら）
小碟子	こざら	小皿（こざら）
碗	おわん	お椀（わん）
盛茶或飯的碗	ちゃわん	茶碗（ちゃわん）
蓋飯用的大碗	どんぶり	丼（どんぶり）
小碗	こばち	小鉢（こばち）
盛	もる	盛る（もる）
（從大盤子）取菜	とりわける	取り分ける（とりわける）
茶壺	きゅうす	急須（きゅうす）
茶杯	ゆのみ	湯呑み（ゆのみ）
勺子	おたま	お玉（たま）
飯匙	しゃもじ	しゃもじ
紙盤	かみざら	紙皿（かみざら）
紙杯	かみコップ	紙コップ（かみ）
洗碗	さらあらい	皿洗い（さらあら）
碗櫃	しょっきだな	食器棚（しょっきだな）

餐具

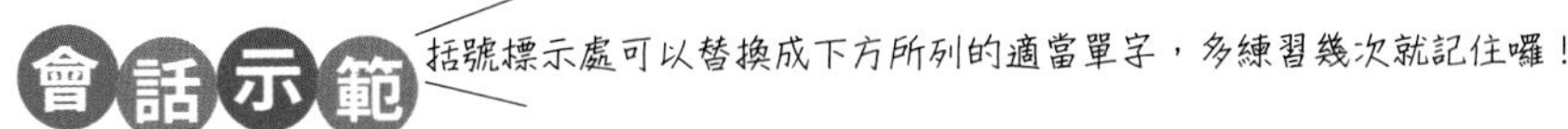

母親：加恋、この服、普段着といっしょに洗濯機に入れちゃだめじゃない。【縮む】①わよ。

加恋，這件衣服怎麼能跟居家服一起放進洗衣機！都【縮水】了！

木下加恋：えっ、そうなの？

咦？真的嗎？

母親：そうよ。これは手洗いしないと。【平干しする】②のも忘れないでね。

是啊，這件衣服得用手洗才行，而且別忘了【攤平晾乾】。

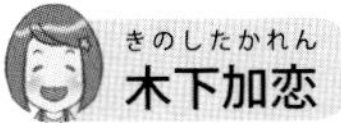

木下加恋：どんな服も全部同じ洗い方でいいと思ってた……。

我還以為所有衣服的洗法都一樣……

可替換字詞

① 色落ちする、皺になる（褪色、變皺）

② 日陰で吊り干しする、アイロンをかける

（吊在陰涼處晾乾、用熨斗燙平）

11

私（わたし）も一人暮（ひとりぐ）らししたいなぁ。

我也好想一個人住啊。

我也好想
一個人住啊。
房租和電費什麼的，
可要花不少錢。

租屋 相關用語 依中文｜唸法（平假名／片假名）｜寫法（漢字）排列

MP3 5-11-01

房間	へや	部屋（へや）
租	かりる	借（か）りる
房租	やちん	家賃（やちん）

押金	しききん	しききん 敷金
禮金	れいきん	れいきん 礼金
電費瓦斯費	こうねつひ	こうねつ ひ 光熱費
水費	すいどうだい	すいどうだい 水道代
管理費	きょうえきひ	きょうえき ひ 共益費
房地產公司	ふどうさんがいしゃ	ふどうさんがいしゃ 不動産会社
仲介費	ちゅうかいてすうりょう	ちゅうかい て すうりょう 仲介手数料
簽約	けいやく	けいやく 契約
保證人	ほしょうにん	ほしょうにん 保証人
房東	おおやさん	おお や 大家さん
租賃期間	けいやくきかん	けいやくきかん 契約期間
續約金	こうしんりょう	こうしんりょう 更新料
公寓	アパート	アパート
大樓型公寓	マンション	マンション
廚房	キッチン（K）	キッチン（K）
飯廳	ダイニングルーム（D）	ダイニングルーム（D）
客廳	リビングルーム（L）	リビングルーム（L）
臥室	しんしつ	しんしつ 寝室
廁所	トイレ	トイレ

浴室	バスルーム	バスルーム
陽台	ベランダ／バルコニー	ベランダ／バルコニー
朝南	みなみむき	南向き（みなみむ）
自動上鎖	オートロック	オートロック

道路 相關用語 依中文｜唸法（平假名／片假名）｜寫法（漢字）排列

MP3 5-11-02

路	みち	道（みち）
道路	どうろ	道路（どうろ）
人行道	ほどう	歩道（ほどう）
車道	しゃどう	車道（しゃどう）
柏油	アスファルト	アスファルト
砂石	じゃり	砂利（じゃり）
平	たいら	平ら（たい）
不平	でこぼこ	凸凹（でこぼこ）
路旁	みちばた	道端（みちばた）
水窪	みずたまり	水溜り（みずたま）
坡道	さかみち	坂道（さかみち）
陡	きゅう	急（きゅう）

平緩	ゆるい	緩(ゆる)い
上坡	のぼりざか	上(のぼ)り坂(ざか)
下坡	くだりざか	下(くだ)り坂(ざか)
標誌	ひょうしき	標識(ひょうしき)
斑馬線	おうだんほどう	横断歩道(おうだんほどう)
天橋	ほどうきょう	歩道橋(ほどうきょう)
歸途	かえりみち	帰(かえ)り道(みち)
捷徑	ちかみち	近道(ちかみち)
繞道	まわりみち	回(まわ)り道(みち)
在路上逗留	みちくさ	道草(みちくさ)
轉角	まがりかど	曲(ま)がり角(かど)
盡頭	つきあたり	突(つ)き当(あた)り
死路	ふくろこうじ	袋小路(ふくろこうじ)
迷路	みちにまよう	道(みち)に迷(まよ)う

道路

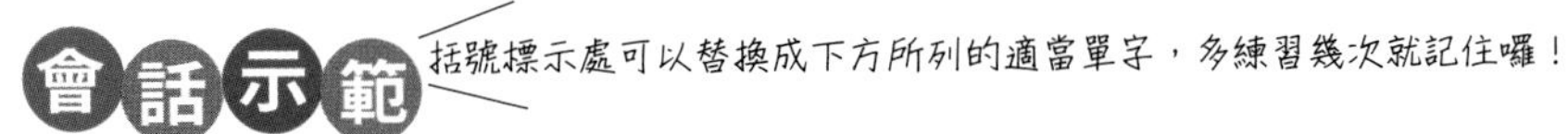

括號標示處可以替換成下方所列的適當單字，多練習幾次就記住囉！

私(わたし)も一人(ひとり)暮(ぐ)らししたいなぁ。

我也好想一個人住啊。

実家のほうがいいよ。

【家賃】①とか光熱費とか、けっこうかかるんだよ。

住家裡比較好啦。

【房租】跟電費什麼的，可要花不少錢。

きのしたかれん
木下加恋

そうなんだ。

それにしても早織の部屋は南向きだしオートロックだし、いいよね。

原來如此。

但是妳租的是朝南的房間，而且門是自動鎖，真讓人羨慕。

みやのさおり
宮野早織

うん。うちを出てすぐが【車道】②じゃなかったら完璧なんだけどね。

嗯，可惜一出門口就是【大馬路】，不然就太完美了。

可替換字詞

① 敷金、礼金、水道代、共益費、仲介手数料、更新料

（押金、禮金、水費、管理費、仲介費、續約金）

① 砂利道、でこぼこ道、坂道、上り坂、下り坂

（砂石路、凹凸不平的道路、坡道、上坡路、下坡路）

12

これでいい？

這樣可以嗎？

川村，謝謝你。
我一個人實在沒辦法
組裝椅子。
鎖螺絲需要不小的力氣。

組裝 相關用語 依中文｜唸法（平假名／片假名）｜寫法（漢字）排列

MP3 5-12-01

組裝	くみたて	組（く）み立（た）て
家具	かぐ	家具（かぐ）
架子	たな	棚（たな）

中文	讀音	日文
書架	ほんだな	本棚（ほんだな）
說明書	せつめいしょ	説明書（せつめいしょ）
零件	ぶひん	部品（ぶひん）
螺絲	ねじ	螺子（ねじ）
一字	マイナス	マイナス
十字	プラス	プラス
螺絲起子	ドライバー	ドライバー
轉	まわす	回す（まわ）
栓緊	しめる	締める（し）
鬆開	ゆるめる	緩める（ゆる）
釘子	くぎ	釘（くぎ）
錘子	かなづち	金槌（かなづち）
釘	うつ	打つ（う）
木釘	もくダボ	木ダボ（もく）
洞	あな	穴（あな）
嵌入	はめる	嵌める（は）
簡單	かんたん	簡単（かんたん）
難	むずかしい	難しい（むずか）
縫隙	すきま	隙間（すきま）

錯誤	まちがえる	間違(まちが)える
重做	やりなおす	やり直(なお)す
顛倒放	ひっくりかえす	ひっくり返(かえ)す
完成	かんせい	完成(かんせい)

椅子 相關用語 依中文｜唸法（平假名／片假名）｜寫法（漢字）排列

MP3 5-12-02

椅子	いす	椅子(いす)
拉	ひく	引(ひ)く
坐墊	クッション	クッション
椅背	せもたれ	背(せ)もたれ
靠	もたれる	凭(もた)れる
扶手	ひじかけ	肘掛(ひじか)け
腳	あし	脚(あし)
滾輪	キャスター	キャスター
高低	たかさ	高(たか)さ
調整	ちょうせい	調整(ちょうせい)
讓	ゆずる	譲(ゆず)る
排列	ならべる	並(なら)べる

座位	せき	席(せき)
離開	はなれる	離(はな)れる
空位	くうせき	空席(くうせき)
坐滿	まんせき	満席(まんせき)
座無虛席	せきがうまる	席(せき)が埋(う)まる
凳子	こしかけ	腰掛(こしか)け
沙發	ソファー	ソファー
旋轉椅	かいてんいす	回転椅子(かいてんいす)
摺疊椅	おりたたみいす	折(お)り畳(たた)み椅子(いす)
折	たたむ	畳(たた)む
打開	ひろげる	広(ひろ)げる
輪椅	くるまいす	車椅子(くるまいす)

括號標示處可以替換成下方所列的適當單字，多練習幾次就記住囉！

川村君(かわむらくん)、ありがとう。

私一人(わたしひとり)じゃ椅子(いす)の組(く)み立(た)てなんてできなかった。

川村，謝謝你。我一個人實在沒辦法組裝椅子。

【螺子を絞める】①のって、けっこう力いるもんな。

【鎖螺絲】需要不小的力氣。

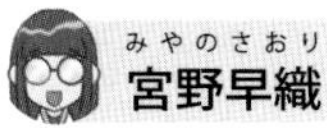

うん。それに説明書を見てもよくわからなくて。

嗯，而且我看不懂說明書。

【背もたれ】②、調整できるみたいだけど、これでいい？

【椅背】好像可以調整，這樣可以嗎？

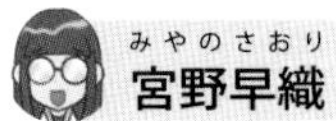

うん、それでいい。

嗯，這樣就可以了。

よし、完成！

好，完成了！

可替換字詞

① ドライバーを回す、釘を打つ

（轉螺絲起子、釘釘子）

② 肘掛け、椅子の脚

（扶手、椅腳）

13

入(い)れすぎだろ。破(やぶ)れるぞ。

放太多東西了吧。袋子會破掉的。

全部都是上課
會用到的東西嘛。
放太多東西了吧。
袋子會破掉的。

文具 相關用語 依中文｜唸法（平假名／片假名）｜寫法（漢字）排列

MP3
5-13-01

文具	ぶんぼうぐ	文房具（ぶんぼうぐ）
筆	ペン	ペン
原子筆	ボールペン	ボールペン

螢光筆	けいこうペン	蛍光ペン（けいこう）
油性筆	ゆせいペン	油性ペン（ゆせい）
自來水毛筆	ふでペン	筆ペン（ふで）
白板筆	ホワイトボードマーカー	ホワイトボードマーカー
鉛筆	えんぴつ	鉛筆（えんぴつ）
自動鉛筆	シャープペンシル	シャープペンシル
筆芯	かえしん	替芯（かえしん）
修正帶	しゅうせいテープ	修正テープ（しゅうせい）
橡皮擦	けしゴム	消しゴム（け）
影印紙	コピーようし	コピー用紙（ようし）
筆記本	ノート	ノート
活頁紙	ルーズリーフ	ルーズリーフ
資料夾	ファイル	ファイル
手冊	てちょう	手帳（てちょう）
Post-it（便利貼品牌名）	ポストイット	ポストイット
便條紙	ふせん	付箋（ふせん）
尺	じょうぎ	定規（じょうぎ）
剪刀	はさみ	鋏（はさみ）

文具

美工刀	カッターナイフ	カッターナイフ
膠帶	テープ	テープ
雙面膠帶	りょうめんテープ	両面（りょうめん）テープ
膠水	のり	糊（のり）
口紅膠	スティックのり	スティック糊（のり）

包包 相關用語 依中文｜唸法（平假名／片假名）｜寫法（漢字）排列

MP3 5-13-02

包包	かばん	鞄（かばん）
手提包	ハンドバッグ	ハンドバッグ
手提袋	てさげぶくろ	手提（てさ）げ袋（ぶくろ）
拿	もつ	持（も）つ
提手	もちて	持（も）ち手（て）
拉鍊	ファスナー	ファスナー
手拿包	クラッチバッグ	クラッチバッグ
波士頓包	ボストンバッグ	ボストンバッグ
肩背包	ショルダーバッグ	ショルダーバッグ
背帶	ベルト	ベルト
後背包	リュックサック	リュックサック

束口背袋	ナップサック	ナップサック
背	せおう	背負う
行李箱	スーツケース	スーツケース
滾輪	キャスター	キャスター
把手	とって	取っ手
拉	ひっぱる	引っ張る
公事包	ブリーフケース	ブリーフケース
雙肩書包	ランドセル	ランドセル
皮	かわ	皮
重	おもい	重い
輕	かるい	軽い
破掉	やぶれる	破れる
修補	ほしゅう	補修

包包

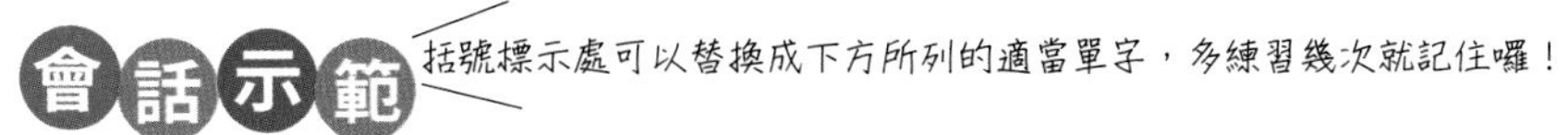

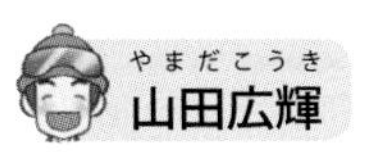

加恋の【かばん】①、重そうだな。持とうか？

加恋，妳的【包包】好像很重，我幫妳拿吧？

いいの？【ペン】②に修正テープにコピー用紙に手帳に定規にテープが入ってるんだ。

可以嗎？裡頭放了【筆】、修正帶、影印紙、筆記本、尺跟膠帶。

入れすぎだろ。破れるぞ。

放太多東西了吧。袋子會破掉的。

だって、全部授業で使うんだもん。

全部都是上課會用到的東西嘛。

可替換字詞

① ハンドバッグ、手提げ袋、ショルダーバッグ、リュックサック

（手提包、手提袋、肩背包、後背包）

② ボールペン、蛍光ペン、筆ペン、消しゴム、ルーズリーフ、ファイル、付箋、カッターナイフ、鋏

（原子筆、螢光筆、自來水毛筆、橡皮擦、活頁紙、檔案夾、便條紙、美工刀、剪刀）

14

絶対喜んでくれるって。

一定會很開心的。

佐竹老師的生日宴會，
還是該訂一個蛋糕吧？
老師一定會
很開心的。

生日派對 相關用語 依中文｜唸法（平假名／片假名）｜寫法（漢字）排列

MP3 5-14-01

派對	パーティー	パーティー
開	ひらく	開く（ひらく）
生日	たんじょうび	誕生日（たんじょうび）

祝賀	いわう	祝(いわ)う
蛋糕	ケーキ	ケーキ
果汁	ジュース	ジュース
訂	よやく	予約(よやく)
氣球	ふうせん	風船(ふうせん)
蠟燭	ろうそく	蝋燭(ろうそく)
插	たてる	立(た)てる
點火	ひをつける	火(ひ)を点(つ)ける
吹熄	ふきけす	吹(ふ)き消(け)す
唱歌	うたをうたう	歌(うた)を歌(うた)う
在心裡	こころのなかで	心(こころ)の中(なか)で
分蛋糕	ケーキをわける	ケーキを分(わ)ける
切	きる	切(き)る
倒果汁	ジュースをつぐ	ジュースを注(つ)ぐ
遊戲	ゲーム	ゲーム
禮物	プレゼント	プレゼント
送	おくる	送(おく)る
生日快樂	たんじょうびおめでとう	誕生日(たんじょうび)おめでとう

電話 相關用語 依中文｜唸法（平假名／片假名）｜寫法（漢字）排列

MP3 5-14-02

電話	でんわ	電話
打	かける	かける
響	なる	鳴る
接	うける	受ける
接通	つなぐ	繋ぐ
掛斷	きる	切る
通話中斷	きれる	切れる
電話聽筒	じゅわき	受話器
打不通	つながらない	繋がらない
通話中	はなしちゅう	話し中
手機	けいたいでんわ	携帯電話
智慧型手機	スマートフォン／スマホ	スマートフォン／スマホ
鈴聲	ちゃくしんおん	着信音
待機	まちうけ	待ち受け
電池	バッテリー	バッテリー
充電	じゅうでん	充電
震動模式	マナーモード	マナーモード

信號	でんぱ	電波
強	つよい	強い
弱	よわい	弱い
斷斷續續	とぎれとぎれ	途切れ途切れ
收不到信號	けんがい	圏外
打錯電話	まちがえでんわ	間違え電話
未接來電	ふざいちゃくしん	不在着信
拒接來電	ちゃくしんきょひ	着信拒否
視訊通話	ビデオつうわ	ビデオ通話

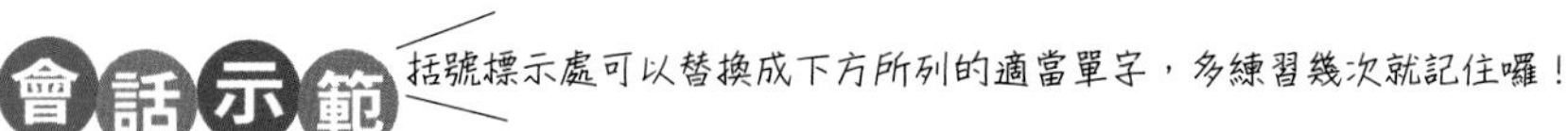
會話示範
括號標示處可以替換成下方所列的適當單字，多練習幾次就記住囉！

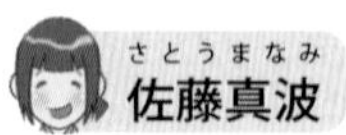
さとうまなみ
佐藤真波

もしもし。真波(まなみ)だけど。

佐竹先生(さたけせんせい)の誕生日(たんじょうび)パーティー、やっぱり【ケーキ】①を予約(よやく)したほうがいいよね？

喂，我是真波。

佐竹老師的生日宴會，還是該訂一個蛋糕吧？

木下加恋（きのしたかれん）：そうだね。ケーキには蝋燭（ろうそく）立（た）てようよ。

是啊，我們在蛋糕上插蠟燭吧。

佐藤真波（さとうまなみ）：うん、そうしよう。佐竹先生（さたけせんせい）、喜（よろこ）んでくれるかな。

嗯，就這麼做吧。佐竹老師應該會很開心吧？

木下加恋（きのしたかれん）：絶対喜（ぜったいよろこ）んでくれるって。

一定會很開心的。

佐藤真波（さとうまなみ）：あれ、携帯電話（けいたいでんわ）の電波（でんぱ）が【弱（よわ）いみたい】②。

また後（あと）でかけ直（なお）すね。

啊，手機【好像訊號很弱】，我晚點再打。

可替換字詞

① 風船（ふうせん）を飾（かざ）る、歌（うた）を歌（うた）う、ゲームをする、プレゼントをおくる

（裝飾氣球、唱歌、玩遊戲、送禮物）

② 繋（つな）がらないみたい、途切（とぎ）れ途切（とぎ）れみたい、圏外（けんがい）になりそう

（好像打不通、好像斷斷續續、好像快收不到訊號）

15

ここ、こんなにのどかだっけ。

這裡從以前就這麼恬靜嗎？

自從盂蘭盆節
之後，這是我們
第一次掃墓呢。
這裡一直都這麼
安靜嗎？我好像聽到
青蛙在咯咯叫。

掃墓 相關用語 依中文｜唸法（平假名／片假名）｜寫法（漢字）排列

MP3 5-15-01

掃墓	はかまいり	墓参り（はかまい）
墓碑	ぼせき／はかいし	墓石（ぼせき）／墓石（はかいし）
祭祀	とむらう	弔う（とむら）

尊敬	うやまう	敬う（うやま）
思念	しのぶ	偲ぶ（しの）
悼念	いたむ	悼む（いた）
墳墓	おはか	お墓（はか）
墓地	ぼち	墓地（ぼち）
靈前	れいぜん	霊前（れいぜん）
法事	ほうじ	法事（ほうじ）
祖先	そせん	祖先（そせん）
靈魂	たましい	魂（たましい）
除草	くさむしり	草むしり（くさ）
供養	くよう	供養（くよう）
線香	せんこう	線香（せんこう）
點香	せんこうをあげる	線香をあげる（せんこう）
花	はな	花（はな）
供上	そなえる	供える（そな）
供品	おそなえ	お供え（そな）
佛龕	ぶつだん	仏壇（ぶつだん）
忌日	めいにち	命日（めいにち）
盂蘭盆節	おぼん	お盆（ぼん）

掃墓

清明節	せいめいせつ	せいめいせつ 清明節

動物叫聲 相關用語 依中文｜唸法（平假名／片假名）｜寫法（漢字）排列

MP3 5-15-02

狗	いぬ：ワンワン	いぬ 犬：ワンワン
貓	ねこ：ニャーニャー	ねこ 猫：ニャーニャー
老鼠	ねずみ：チューチュー	ねずみ 鼠：チューチュー
牛	うし：モーモー	うし 牛：モーモー
馬	うま：ヒヒーン	うま 馬：ヒヒーン
豬	ぶた：ブーブー	ぶた 豚：ブーブー
山羊	やぎ：メーメー	や ぎ 山羊：メーメー
狐狸	きつね：コンコン	きつね 狐：コンコン
大象	ぞう：パオーン	ぞう 象：パオーン
狼	おおかみ：ワオーン	おおかみ 狼：ワオーン
猩猩	ゴリラ：ウホッ	ゴリラ：ウホッ
猴子	さる：ウッキー	さる 猿：ウッキー
海獅	アシカ：アオッアオッ	アシカ:アオッアオッ
麻雀	すずめ：チュンチュン	すずめ 雀：チュンチュン
烏鴉	からす：カーカー	からす 烏：カーカー

動物叫聲

鴨子	アヒル：グワッグワッ	アヒル：グワッグワッ
雞	にわとり：コケコッコー	鶏（にわとり）：コケコッコー
黃鶯	うぐいす：ホーホケキョ	鶯（うぐいす）：ホーホケキョ
青蛙	かえる：ゲロゲロ	蛙（かえる）：ゲロゲロ
蟬	せみ：ミーンミーン	蝉（せみ）：ミーンミーン

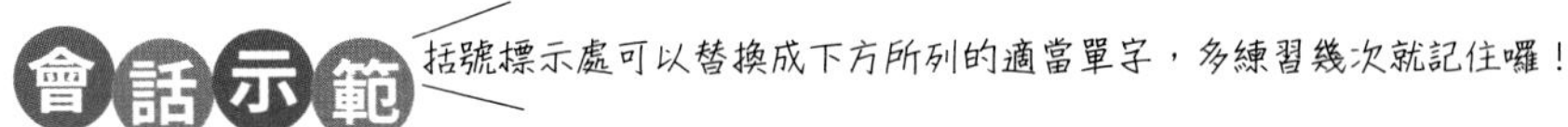
會話示範
括號標示處可以替換成下方所列的適當單字，多練習幾次就記住囉！

母親（ははおや）

お墓参り（はかまいり）、お盆以来（ぼんいらい）だわ。

自從盂蘭盆節之後，這是我們第一次掃墓呢。

木下加恋（きのしたかれん）

ここ、こんなにのどかだっけ。

【蛙（かえる）がゲロゲロ】①鳴（な）いてるのが聞（き）こえるんだけど。

這裡從以前就這麼恬靜嗎？

我好像聽見了【青蛙在咯咯叫】。

母親（ははおや）

前（まえ）からよ。あんた、忙（いそが）しくてここに来（く）るの久（ひさ）しぶりじゃない。

さっ、【掃除（そうじ）する】②わよ。

從以前就是這樣。是你太忙了，很少到這裡來。

好了，來【打掃】吧。

はーい。

好。

可替換字詞

① 牛(うし)がモーモー、雀(すずめ)がチュンチュン、烏(からす)がカーカー、

アヒルがグワッグワッ、鶯(うぐいす)がホーホケキョ、蝉(せみ)がミーンミーン

（牛在哞哞叫、麻雀在吱吱叫、烏鴉在嘎嘎叫、

鴨子在呱呱叫、黃鶯在啾啾叫、蟬在唧唧叫）

② 草(くさ)むしりする、線香(せんこう)をあげる、花(はな)を供(そな)える

（除草、點香、供奉花）

16

何(なに)をお願(ねが)いしたの？

你許了什麼心願？

好久沒來神社了。
妳許了什麼心願？
姻緣。
川村，你呢？

神社 相關用語 依中文｜唸法（平假名／片假名）｜寫法（漢字）排列

MP3
5-16-01

神社	じんじゃ	神社(じんじゃ)
鳥居	とりい	鳥居(とりい)
參拜	まいる	参(まい)る

參拜道路	さんどう	参道
洗淨	きよめる	清める
長柄木杓	ひしゃく	柄杓
洗手	てをあらう	手を洗う
搖鈴	すずをならす	鈴を鳴らす
繩子	つな	綱
香油錢	さいせん	賽銭
功德箱	さいせんばこ	賽銭箱
鞠躬	おじぎ	お辞儀
拍手	てをたたく	手を叩く
護身符	おまもり	御守り
神符	おふだ	御札
運勢籤	おみくじ	御神籤
抽	ひく	引く
有緣人	まちびと	待ち人
消災解厄的法事	おはらい	御祓い
繪馬（祈願用五角形木牌）	えま	絵馬
新年首次參拜	はつもうで	初詣
驅邪箭	はまや	破魔矢

熊手（討吉利的竹耙狀擺飾）	くまで	熊手（くまで）

心願 相關用語 依中文｜唸法（平假名／片假名）｜寫法（漢字）排列

MP3 5-16-02

心願	ねがいごと	願い事（ねがごと）
許願	ねがう	願う（ねが）
祈禱	いのる	祈る（いの）
參拜	おまいり	お参り（まい）
合掌	てをあわせる	手を合わせる（て あ）
許願籤	ふだ	札（ふだ）
七夕	たなばた	七夕（たなばた）
長條紙	たんざく	短冊（たんざく）
流星	ながれぼし	流れ星（なが ぼし）
三次	さんかい	三回（さんかい）
唸	となえる	唱える（とな）
立春前日	せつぶん	節分（せつぶん）
吉方	えほう	恵方（えほう）
粗卷壽司	ふとまき	太巻き（ふとま）
不倒翁	だるま	達磨（だるま）

心願

點眼	めをいれる	目を入れる
千紙鶴	せんばづる	先羽鶴
健康	けんこう	健康
幸福	しあわせ	幸せ
祈求順利上榜	ごうかくきがん	合格祈願
闔家平安	かないあんぜん	家内安全
夫妻和睦	ふうふえんまん	夫婦円満
結緣	えんむすび	縁結び
願望實現	ねがいがかなう	願いが叶う

會話示範 括號標示處可以替換成下方所列的適當單字，多練習幾次就記住囉！

川村誠司（かわむらせいじ）

神社に来るの、久しぶりだな。

早織は何をお願いしたの？

好久沒來神社了。

早織，妳許了什麼心願？

【縁結び】①かな。川村くんは？

【姻緣】。川村，你呢？

ぼくも縁結び。

我也是姻緣。

【お守り】②でも買う？

要不要買個【護身符】呢？

じゃあ、いっしょに買おうか。

好，我們一起買吧。

可替換字詞

① 幸せ、合格祈願、家内安全、健康

（幸福、金榜題名、闔家平安、健康）

② 御札を買う、御神籤をひく、絵馬を書く

（買神符、抽神籤、寫繪馬）

17

縁起(えんぎ)ものね。

能帶來好運。

尾牙 相關用語 依中文｜唸法（平假名／片假名）｜寫法（漢字）排列

MP3
5-17-01

尾牙	ぼうねんかい	忘年会(ぼうねんかい)
宴會	えんかい	宴会(えんかい)
邀請函	しょうたいじょう	招待状(しょうたいじょう)

年終	ねんまつ	年末
節目	プログラム	プログラム
餘興節目	だしもの	出し物
跳舞	ダンス	ダンス
演奏	えんそう	演奏
鼓掌	はくしゅ	拍手
抽獎	くじびき	くじ引き
賓果	ビンゴ	ビンゴ
獎品	けいひん	景品
中獎	あたる	当たる
沒中	はずれる	外れる
幹事	かんじ	幹事
主持人	しかいしゃ	司会者
開場白	はじめのあいさつ	始めの挨拶
上台	ぶたいにあがる	舞台に上がる
致詞	あいさつ	挨拶
客套話	しゃこうじれい	社交辞令
乾杯	かんぱい	乾杯
結尾致詞	しめのあいさつ	締めの挨拶

吉祥物 相關用語 依中文｜唸法（平假名／片假名）｜寫法（漢字）排列

MP3
5-17-02

中文	唸法	寫法
吉祥物	えんぎもの	縁起物
吉利	えんぎがいい	縁起が良い
不吉利	えんぎがわるい	縁起が悪い
招財貓	まねきねこ	招き猫
舉起	あげる	上げる
右手	みぎて	右手
財運	きんうん	金運
左手	ひだりて	左手
客人	おきゃく	お客
雙手	りょうて	両手
貪心	よくばり	欲張り
七福神	しちふくじん	七福神
萬寶槌	うちでのこづち	打ち出の小槌
福助人偶	ふくすけ	福助
阿龜面具	おかめ	阿亀
火男面具	ひょっとこ	ひょっとこ
招財狸貓	たぬきのおきもの	狸の置物

千兩箱	せんりょうばこ	千両箱（せんりょうばこ）
擺飾用將棋	かざりごま	飾（かざ）り駒（ごま）
白鶴	つる	鶴（つる）
烏龜	かめ	亀（かめ）
貓頭鷹	ふくろう	梟（ふくろう）
松竹梅	しょうちくばい	松竹梅（しょうちくばい）
舞獅	ししまい	獅子舞（ししまい）
富士山	ふじさん	富士山（ふじさん）
元旦日出	はつひので	初日（はつひ）の出（で）

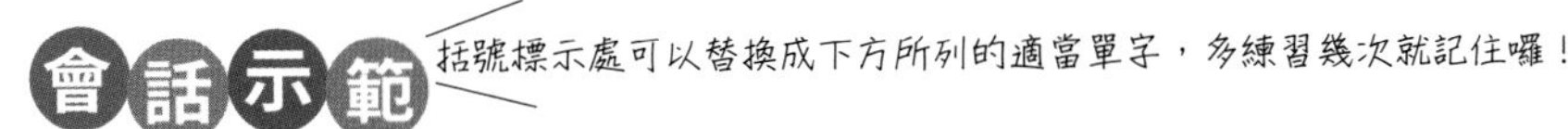
會話示範
括號標示處可以替換成下方所列的適當單字，多練習幾次就記住囉！

まつもとあいり
松本愛理

忘年会（ぼうねんかい）の【幹事（かんじ）】①、お疲（つか）れ様（さま）でした。

當忘年會的【召集人】辛苦了。

まつもとゆうた
松本佑太

ありがとう。これ、お土産（みやげ）。

忘年会（ぼうねんかい）のくじ引（び）きで当（あ）たったんだ。

謝謝，這是禮物。

忘年會上抽到的。

招き猫？いいじゃない。縁起ものね。

招財貓？挺不錯，能帶來好運。

【右手】②を上げているから、【金運を】③呼ぶのかな。

這隻貓舉起【右手】，應該是招來【金錢】吧。

玄関にでも、飾りましょうか。

擺在玄關好了。

可替換字詞

① 司会者、出し物、挨拶（司儀、餘興節目、致詞）

② 左手、両手（左手、雙手）

③ お客さんを、お金も人も（客人、錢跟人）

18

クリスマスツリーの飾(かざ)り付(つ)けって、楽(たの)しいよね。

裝飾聖誕樹真有意思。

聖誕節 相關用語 依中文｜唸法（平假名／片假名）｜寫法（漢字）排列

MP3
5-18-01

聖誕樹	クリスマスツリー	クリスマスツリー
布置	かざりつけ	飾(かざ)り付(つ)け

聖誕快樂	メリークリスマス	メリークリスマス
雪人	ゆきだるま	雪(ゆき)だるま
襪子	くつした	靴下(くつした)
聖誕老人	サンタクロース	サンタクロース
電鍍	めっき	鍍金(めっき)
裝飾	かざり	飾(かざ)り
星星	ほし	星(ほし)
鈴鐺	すず	鈴(すず)
拐杖	つえ	杖(つえ)
糖果	あめ	飴(あめ)
金蔥條	モール	モール
緞帶	リボン	リボン
吋	インチ	インチ
樅樹	もみのき	樅(もみ)の木(き)
燈飾	イルミネーション	イルミネーション
閃爍	てんめつ	点滅(てんめつ)
點燈儀式	てんとうしき	点灯式(てんとうしき)
吊	つる	吊(つ)る
掛	かける	掛(か)ける

綁	くくる	括る
豪華	ごうか	豪華
樸素	じみ	地味

電暖器 相關用語 依中文｜唸法（平假名／片假名）｜寫法（漢字）排列

MP3 5-18-02

煤油暖爐	せきゆストーブ	石油ストーブ
煤油電暖器	せきゆファンヒーター	石油ファンヒーター
瓦斯電暖器	ガスファンヒーター	ガスファンヒーター
陶瓷電暖器	セラミックヒーター	セラミックヒーター
鹵素燈電暖器	ハロゲンヒーター	ハロゲンヒーター
葉片式電暖器	オイルヒーター	オイルヒーター
變頻冷暖氣	インバーターエアコン	インバーターエアコン
電熱毯	でんきもうふ	電気毛布
電熱地毯	ホットカーペット	ホットカーペット
熱水袋	ゆたんぽ	湯湯婆
暖暖包	かいろ	懐炉
暖桌	こたつ	炬燵
壁爐	だんろ	暖炉

地爐	いろり	囲炉裏（いろり）

括號標示處可以替換成下方所列的適當單字，多練習幾次就記住囉！

クリスマスツリーの飾（かざ）り付（つ）けって、楽（たの）しいよね。

裝飾聖誕樹真有意思。

そうかなぁ。面倒（めんどう）くさーい。

あっ、その【鈴（すず）】①はもっと下（した）にかけたほうがいいんじゃない？

是嗎？我覺得好麻煩呀。

啊，那個【鈴鐺】應該掛下面一點比較好吧？

面倒（めんどう）くさくても、こだわりはあるのね。

嫌麻煩歸嫌麻煩，妳還是滿講究的。

なんだか暑（あつ）くなってきた。

その【石油（せきゆ）ストーブ】②、消（け）してもいい？

總覺得越來越熱了。

那個【煤油暖爐】能關掉嗎？

可替換字詞

① 杖（つえ）、飴（あめ）、モール、リボン、ライト

（拐杖、糖果、彩帶、緞帶、燈泡）

② 石油（せきゆ）ファンヒーター、ガスファンヒーター、ホットカーペット

（煤油電暖器、瓦斯電暖器、電熱地毯）

19

夜更かししてテレビ見よう。

我一定要熬夜看電視。

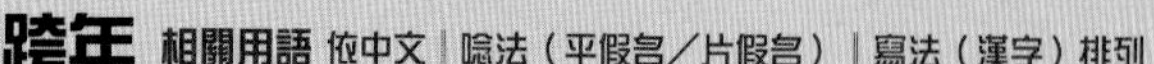

跨年 相關用語 依中文｜唸法（平假名／片假名）｜寫法（漢字）排列

MP3
5-19-01

跨年	としこし	年越し
除夕	おおみそか	大晦日
每月最後一天	みそか	晦日／三十日

除夕夜	じょや	除夜（じょや）
敲鐘	かねをつく	鐘（かね）を撞（つ）く
煩惱	ぼんのう	煩悩（ぼんのう）
現場直播	ライブ	ライブ
倒數	カウントダウン	カウントダウン
煙火	はなび	花火（はなび）
熱鬧	にぎやか	賑（にぎ）やか
人山人海	ひとごみ	人込（ひとご）み
熬夜	よふかし	夜更（よふ）かし
徹夜	てつや	徹夜（てつや）
通宵	よどおし	夜通（よどお）し
整夜	ひとばんじゅう	一晩中（ひとばんじゅう）
不夜城	ふやじょう	不夜城（ふやじょう）
跨年蕎麥麵	としこしそば	年越（としこ）し蕎麦（そば）
特別節目	とくべつばんくみ	特別番組（とくべつばんくみ）
紅白歌唱大賽	こうはくうたがっせん	紅白歌合戦（こうはくうたがっせん）
紅組	あかぐみ	紅組（あかぐみ）
白組	しろぐみ	白組（しろぐみ）
絕對不能笑（新年節目名）	わらってはいけない	笑（わら）ってはいけない

跨年

懲罰遊戲	ばつゲーム	罰ゲーム（ばつ）
一家團圓	いっかだんらん	一家団欒（いっかだんらん）
迎新年	しんねんをむかえる	新年を迎える（しんねん・むか）

椪柑 相關用語 依中文｜唸法（平假名／片假名）｜寫法（漢字）排列

MP3 5-19-02

椪柑	ポンカン	ポンカン
綠色	みどり	緑（みどり）
橙黃色／橘子	だいだい	橙（だいだい）
果肉	かにく	果肉（かにく）
果瓣	ふさ	房（ふさ）
橘絡	すじ	筋（すじ）
種子	たね	種（たね）
蒂	へた	蔕（へた）
成熟	じゅくす	熟す（じゅく）
摘	つむ	摘む（つ）
剝皮	かわをむく	皮を剥く（かわ・む）
榨	しぼる	搾る（しぼ）
酸甜	あまずっぱい	甘酢っぱい（あまず）

椪柑

維他命C	ビタミンシー	ビタミンC(シー)
果醬	ジャム	ジャム
中藥	かんぽうやく	漢方薬(かんぽうやく)
吉利	えんぎがいい	縁起(えんぎ)がいい

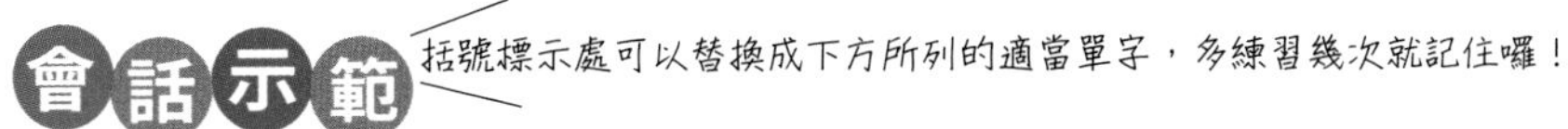
會話示範
括號標示處可以替換成下方所列的適當單字，多練習幾次就記住囉！

木下加恋(きのしたかれん)
今年(ことし)の大晦日(おおみそか)こそ、【夜更(よふ)かしして】①テレビ見(み)よう。
今年的除夕夜，我一定要【熬夜】看電視。

母親(ははおや)
毎年(まいとし)そう言(い)って、紅白歌合戦(こうはくうたがっせん)の間(あいだ)に寝(ね)ちゃうじゃない。
妳每年都這麼說，但是都在紅白歌合戰的時候就睡著了。

木下加恋(きのしたかれん)
今年(ことし)はずっと【ポンカン】②食(た)べておくから、
きっと大丈夫(だいじょうぶ)。
甘酸(あまず)っぱいから寝(ね)られなくなること間違(まちが)いなし！
今年我會一直吃【椪柑】，一定沒問題的。
酸酸甜甜的滋味，一定會讓我睡不著覺！

母親(ははおや)
それ、まだ熟(じゅく)してないから食(た)べられないわよ。
那個還沒熟，還不能吃啦。

可替換字詞

① 夜通し、一晩中、新年を迎えるまで、カウントダウンまで

（徹夜、一整晚、在新年到來之前、在開始倒數之前）

② 橙（橘子）

20

カナダって寒(さむ)い国(くに)でしょ？

加拿大是不是很冷？

加拿大很冷吧？
我送妳圍巾、耳罩跟
腹圍當禮物。
不是一直那麼冷，
別擔心。

冬裝 相關用語 依中文｜唸法（平假名／片假名）｜寫法（漢字）排列

MP3
5-20-01

圍巾	マフラー	マフラー
毛線圍巾	けいとのマフラー	毛糸(けいと)のマフラー
圍上	まく	巻(ま)く

中文	假名	日文
圍法	まきかた	巻(ま)き方(かた)
披肩	ストール	ストール
披上	はおる	羽織(はお)る
手套	てぶくろ	手袋(てぶくろ)
戴上	はめる	嵌(は)める
帽子	ぼうし	帽子(ぼうし)
毛帽	ニットぼう	ニット帽(ぼう)
戴上	かぶる	被(かぶ)る
毛衣	セーター	セーター
編織	あむ	編(あ)む
手織	てあみ	手編(てあ)み
大衣	コート	コート
西裝外套	ジャケット	ジャケット
夾克	ジャンパー	ジャンパー
牛仔外套	ジージャン	ジージャン
羽絨外套	ダウンジャケット	ダウンジャケット
皮衣	レザージャケット	レザージャケット
連帽	フード	フード
穿上	きる	着(き)る

保暖	あたたかい	暖かい
不透風	かぜをとおさない	風を通さない
保暖耳罩	みみあて	耳当て
保暖肚圍	はらまき	腹巻き

打工度假 相關用語 依中文｜唸法（平假名／片假名）｜寫法（漢字）排列

MP3 5-20-02

打工度假	ワーキングホリデー	ワーキングホリデー
護照	パスポート	パスポート
簽證	ビザ	ビザ
所需文件	ひつようしょるい	必要書類
正本	げんぽん	原本
影本	コピー／うつし	コピー／写し
證件照	しょうめいしゃしん	証明写真
身分證	みぶんしょう	身分 証
在學證明	ざいがくしょうめいしょ	在学証明書
存款證明	ざんだかしょうめいしょ	残高証明書
自我推銷	じこアピール	自己アピール

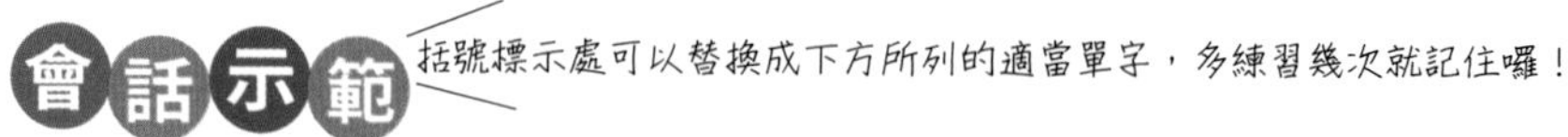
會話示範
括號標示處可以替換成下方所列的適當單字，多練習幾次就記住囉！

木下加恋（きのしたかれん）

真波（まなみ）、カナダへワーキングホリデーに行（い）くんだって？

真波，聽說妳要到加拿大打工度假？

佐藤真波（さとうまなみ）

うん。今（いま）は【必要書類（ひつようしょるい）】①の準備（じゅんび）してるところだよ。

嗯，我正在準備【需要的證件】。

木下加恋（きのしたかれん）

そうなんだ。カナダって寒（さむ）い国（くに）でしょ？

【マフラー】②と耳当（みみあ）てと腹巻（はらま）き、餞別（せんべつ）にプレゼントするね。

原來如此。加拿大是不是很冷？

我送妳【圍巾】、耳罩跟腹圍當餞別禮物吧。

佐藤真波（さとうまなみ）

ずっと寒（さむ）いわけじゃないと思（おも）うよ。気（き）にしないで。

不是一直那麼冷，別擔心。

可替換字詞

① パスポート、ビザ（護照、簽證）

② 手袋（てぶくろ）、ニット帽（ぼう）、コート、ジャケット、ダウンジャケット

（手套、毛帽、大衣、外套、羽絨外套）

21

シフトを勘違(かんちが)いしてたんだ。

我搞錯了排班表。

打工 相關用語 依中文｜唸法（平假名／片假名）｜寫法（漢字）排列

MP3 5-21-01

打工	アルバイト	アルバイト
工作	はたらく	働(はたら)く
賺錢	かせぐ	稼(かせ)ぐ

打工

薪資	きゅうりょう	給料（きゅうりょう）
時薪	じきゅう	時給（じきゅう）
加薪	しょうきゅう	昇給（しょうきゅう）
出勤卡	タイムカード	タイムカード
打（卡）	おす	押（お）す
上班	しゅっきん	出勤（しゅっきん）
下班	たいきん	退勤（たいきん）
遲到	ちこく	遅刻（ちこく）
早退	そうたい	早退（そうたい）
沒上班	けっきん	欠勤（けっきん）
曠職	むだんけっきん	無断欠勤（むだんけっきん）
預扣	てんびき	天引（てんびき）
研習	けんしゅう	研修（けんしゅう）
店長	てんちょう	店長（てんちょう）
主任	チーフ	チーフ
前輩	せんぱい	先輩（せんぱい）
使用手冊	マニュアル	マニュアル
輪班	シフト	シフト
早班	はやばん	早番（はやばん）

晚班	おそばん	遅番
夜班	やきん	夜勤
加班	ざんぎょう	残業
伙食	まかない	賄い

打掃 相關用語 依中文｜唸法（平假名／片假名）｜寫法（漢字）排列

MP3
5-21-02

打掃	そうじ	掃除
掃	はく	掃く
擦	ふく	拭く
擦亮	みがく	磨く
擦拭	こする	擦る
扔掉	すてる	捨てる
收拾	かたづける	片付ける
髒	きたない	汚い
乾淨	きれい	綺麗
垃圾	ごみ	ごみ
灰塵	ほこり	埃
抹布	ぞうきん	雑巾

打掃

掃把	ほうき	箒（ほうき）
畚斗	ちりとり	塵取（ちりとり）
竹掃把	たけぼうき	竹箒（たけぼうき）
垃圾桶	ごみばこ	ごみ箱（ばこ）
水桶	バケツ	バケツ
拖把	モップ	モップ
刷子	ブラシ	ブラシ
海綿	スポンジ	スポンジ
鋼刷	スチールたわし	スチールたわし
橡膠手套	ゴムてぶくろ	ゴム手袋（てぶくろ）
棉紗手套	ぐんて	軍手（ぐんて）
吸塵器	そうじき	掃除機（そうじき）
通便器	スッポン	スッポン
滾筒黏把	コロコロ	コロコロ

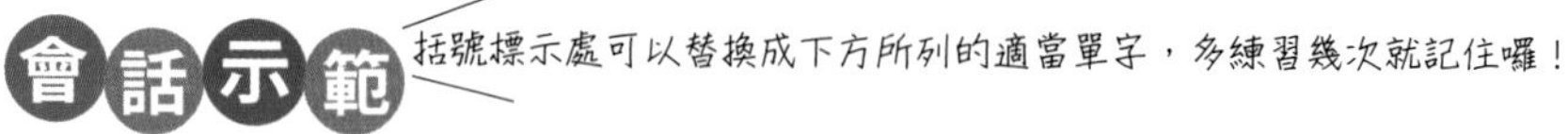
會話示範
括號標示處可以替換成下方所列的適當單字，多練習幾次就記住囉！

かわむらせいじ
川村誠司

この前（まえ）、アルバイトを【遅刻（ちこく）し】①ちゃったんだ。

我上次打工【遲到】了。

宮野早織（みやのさおり）
川村君（かわむらくん）が？めずらしいね。

川村，難得你也會發生這種事。

川村誠司（かわむらせいじ）
うん。シフトを勘違（かんちが）いしてたんだ。

嗯，我搞錯了排班表。

宮野早織（みやのさおり）
店長（てんちょう）に怒（おこ）られた？

有沒有被店長罵？

川村誠司（かわむらせいじ）
ううん。「気（き）を付（つ）けて」って言（い）われただけ。

沒有，店長只說「下次要注意」。

宮野早織（みやのさおり）
川村君（かわむらくん）がまじめだってこと、店長（てんちょう）も知（し）ってるんだね。

みんなが嫌（いや）がる【箒（ほうき）】②や雑巾（ぞうきん）なんかの片付（かたづ）けも、

いつもきれいにしてるもんね。

店長也知道你是個很認真的人。

大家都討厭整理【掃把】跟抹布，每次都是你整理得整齊乾淨。

打掃

可替換字詞

① 無断欠勤（むだんけっきん）し、タイムカードを押（お）し忘（わす）れ（曠職、忘記打卡）

② 塵取（ちりと）り、竹箒（たけぼうき）、ゴミ箱（ばこ）、バケツ、ブラシ、スポンジ、手袋（てぶくろ）、掃除機（そうじき）

（畚斗、竹掃把、垃圾桶、水桶、刷子、海綿、手套、吸塵器）

PART 6
社會

1

来週(らいしゅう)から試験(しけん)だって知(し)ってた？

你知道下星期就要考試了嗎？

問題是請假期間的
課程內容我完全不懂。
老師說這次考得
並不難。

學校 相關用語 依中文｜唸法（平假名／片假名）｜寫法（漢字）排列

MP3
6-01-01

中文	唸法	寫法
學校	がっこう	学校(がっこう)
入學	にゅうがく	入学(にゅうがく)
畢業	そつぎょう	卒業(そつぎょう)

退學	たいがく	退学
休學	きゅうがく	休学
上學	つうがく	通学
上學途中	つうがくろ	通学路
放學後	ほうかご	放課後
進學校	がっこうにはいる	学校に入る
出學校	がっこうをでる	学校を出る
請假	がっこうをやすむ	学校を休む
上學	がっこうにかよう	学校に通う
逃學	がっこうをサボる	学校をサボる
放學	がっこうがおわる	学校が終わる
教室	きょうしつ	教室
課	じゅぎょう	授業
講課	じゅぎょうをする	授業をする
聽課	じゅぎょうをうける	授業を受ける
鐘聲	チャイム	チャイム
響	なる	鳴る
功課表	じかんわり	時間割り
第一節	いちじかんめ	一時間目

休息	やすみじかん	休み時間
課間活動	ぎょうかんかつどう	業間活動
午休	ひるやすみ	昼休み
打掃	そうじ	掃除

考試 相關用語 依中文｜唸法（平假名／片假名）｜寫法（漢字）排列

MP3
6-01-02

考試	しけん	試験
問題卷	もんだいようし	問題用紙
發	くばる	配る
簡單	かんたん	簡単
難	むずかしい	難しい
回答	かいとう	回答
粗心	うっかり	うっかり
錯誤答案	まちがい	間違い
瞎猜	やまかん	山勘
猜中	てきちゅう	的中
檢查	みなおし	見直し
交出	ていしゅつ	提出

批改	てんさく	添削（てんさく）
分數	てんすう	点数（てんすう）
滿分	まんてん	満点（まんてん）
及格	ごうかく	合格（ごうかく）
不及格	ふごうかく	不合格（ふごうかく）
預習	よしゅう	予習（よしゅう）
複習	ふくしゅう	復習（ふくしゅう）
熬夜	てつや	徹夜（てつや）
求神保佑	かみだのみ	神頼み（かみだの）
小抄	カンニングペーパー	カンニングペーパー
臨陣磨槍	いちやづけ	一夜漬け（いちやづ）
考試時間	しけんじかん	試験時間（しけんじかん）
考場	しけんかいじょう	試験会場（しけんかいじょう）
准考證	じゅけんひょう	受験 票（じゅけんひょう）

考試

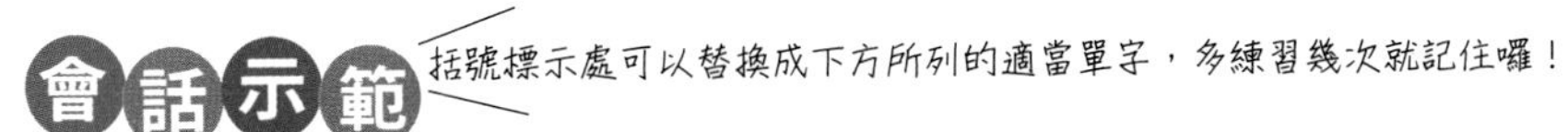
會話示範
括號標示處可以替換成下方所列的適當單字，多練習幾次就記住囉！

やまだこうき
山田広輝

来週（らいしゅう）から試験（しけん）だって知（し）ってた？

你知道下星期就要考試了嗎？

川村誠司　もちろん。もしかして、今日気付いたとか？

當然知道，難道你是現在才發現？

山田広輝　なんとか【徹夜】①で乗り切るしかないな。

看來只能靠【熬夜】了。

川村誠司　今回はそんなに難しくないって、先生が言ってたよ。

老師說這次考得並不難。

山田広輝　いや、【学校を休んでた】②時の範囲が全然わかんないんだ。

不，問題是【請假】期間的課程內容我完全不懂。

可替換字詞

① 山勘、神頼み、一夜漬け

（瞎猜、求神、整晚不睡）

② 学校をサボってた、授業を受けてなかった

（逃學、沒上課）

2

それはちょっと……。

這真的有點……

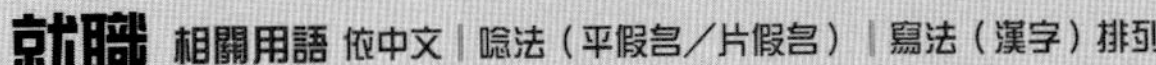

就職 相關用語 依中文｜唸法（平假名／片假名）｜寫法（漢字）排列

MP3
6-02-01

求職	しゅうしょくかつどう	就職活動（しゅうしょくかつどう）
找工作	しごとをさがす	仕事（しごと）を探（さが）す
說明會	せつめいかい	説明会（せつめいかい）

研討會	セミナー	セミナー
招募	ぼしゅう	募集
應徵	おうぼ	応募
申請表	エントリーシート	エントリーシート
履歷表	りれきしょ	履歴書
範例	みほん	見本
學歷	がくれき	学歴
資格	しかく	資格
檢定	けんてい	検定
擅長科目	とくいかもく	得意科目
自我介紹	じこしょうかい	自己紹介
自我推銷	じこピーアール	自己ＰＲ
優點	ちょうしょ	長所
缺點	たんしょ	短所
求職動機	しぼうどうき	志望動機
筆試	ひっきしけん	筆記試験
面試	めんせつ	面接
面試官	めんせつかん	面接官
敬語	けいご	敬語

人事部	じんじぶ	人事部（じんじぶ）
錄取	さいよう	採用（さいよう）
內定	ないてい	内定（ないてい）
就職	しゅうしょく	就職（しゅうしょく）

公司 相關用語 依中文｜唸法（平假名／片假名）｜寫法（漢字）排列

MP3 6-02-02

公司	かいしゃ	会社（かいしゃ）
進公司	にゅうしゃ	入社（にゅうしゃ）
上班	しゅっしゃ	出社（しゅっしゃ）
下班	たいしゃ	退社（たいしゃ）
同事	どうりょう	同僚（どうりょう）
上司	じょうし	上司（じょうし）
部下	ぶか	部下（ぶか）
職務	やくしょく	役職（やくしょく）
課長	かちょう	課長（かちょう）
部門經理	ぶちょう	部長（ぶちょう）
總經理	しゃちょう	社長（しゃちょう）
晉升	しょうしん	昇進（しょうしん）

降級	こうかく	降格
領	もらう	もらう
缺勤	けっきん	欠勤
曠職	むだんけっきん	無断欠勤
辭職	やめる	辞める
離職	たいしょく	退職
退休	ていねんたいしょく	定年退職
進公司	かいしゃにはいる	会社に入る
在公司工作	かいしゃではたらく	会社で働く
在公司上班	かいしゃにつとめる	会社に勤める
開公司	かいしゃをおこす	会社を起こす
倒閉	とうさん	倒産

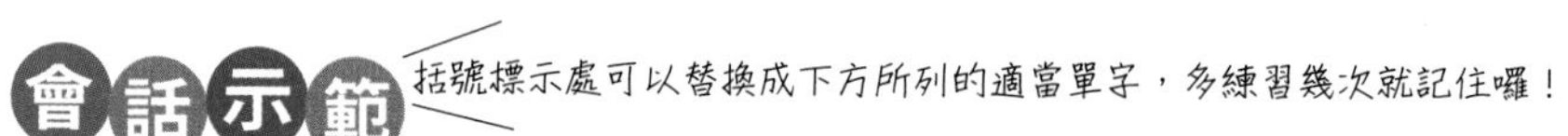

會話示範 括號標示處可以替換成下方所列的適當單字，多練習幾次就記住囉！

宮野早織（みやのさおり） 就職してもすぐに辞めてしまう人が増えてるんだって。

聽說有越來越多人才剛就職就辭職。

木下加恋（きのしたかれん） どうしてだろう。【説明会に行ったり、履歴書を書いたりし

て】①、就職活動って大変なんでしょ。

真不曉得是為什麼。求職活動要【參加說明會、寫履歷表】，不是很麻煩嗎？

宮野早織 うん。上司に叱られたら、すぐ【退社】②しちゃう人もいるらしいよ。

嗯，聽說有些人一被上司罵，就【辭職】了。

えー。それはちょっと……。

咦？這真的有點……

可替換字詞

① セミナーへ行く、エントリーシートを書く、自己ＰＲをする、資格を取る、面接を受ける

（參加研習營、填申請表、自我介紹、考證照、接受面試）

② 欠勤、無断欠勤、退職

（缺勤、曠職、離職）

3

けちんぼってわけじゃないよね。

應該不是小氣鬼吧？

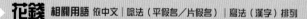

花錢 相關用語 依中文｜唸法（平假名／片假名）｜寫法（漢字）排列

MP3
6-03-01

中文	唸法	寫法
金錢	おかね	お金（かね）
小氣	けち	けち
小氣鬼	けちんぼ	けちんぼ

貪婪	がめつい	がめつい
計較	こまかい	細(こま)かい
節省	せつやく	節約(せつやく)
儉樸	つつましい	慎(つつ)ましい
能省則省	ひきしめる	引(ひ)き締(し)める
縮減	きりつめる	切(き)り詰(つ)める
精打細算	こまかくけいさんする	細(こま)かく計算(けいさん)する
吝嗇	おかねにきたない	お金(かね)に汚(きたな)い
視錢如命	おかねにいやしい	お金(かね)に卑(いや)しい
貪得無饜	あこぎ	阿漕(あこぎ)
守財奴	しゅせんど	守銭奴(しゅせんど)
奢侈	ぜいたく	贅沢(ぜいたく)
豪華	ごうか	豪華(ごうか)
狠下心來買	ふんぱつ	奮発(ふんぱつ)
大方	きまえがいい	気前(きまえ)がいい
自掏腰包	じばらをきる	自腹(じばら)を切(き)る
浪費	むだづかい	無駄遣(むだづか)い
極盡奢侈	ぜいをつくす	贅(ぜい)を尽(つ)くす
花錢如流水	かねをゆみずのようにつかう	金(かね)を湯水(ゆみず)のようにつかう

花錢不手軟	かねにいとめをつけない	金に糸目を付けない
花光	つかいはたす	使い果たす
貧窮	びんぼう	貧乏
朝不保夕	そのひぐらし	その日暮らし

大拍賣 相關用語 依中文｜唸法（平假名／片假名）｜寫法（漢字）排列

MP3 6-03-02

大拍賣	バーゲン	バーゲン
購物	かいもの	買い物
特價	とくべつかかく	特別価格
限定價	げんていかかく	限定価格
跳樓價	しゅっけつだいサービス	出血大サービス
原價	つうじょうかかく	通常価格
打折	ねびき	値引き
3折	ななわりびき	7割引
～起	～から	～から
半價	はんがく	半額
免費	むりょう	無料
便宜	やすい	安い

大拍賣

划算	とくする	得(とく)する
數量	すうりょう	数量(すうりょう)
限量	げんてい	限定(げんてい)
利潤	りえき	利益(りえき)
回饋	かんげん	還元(かんげん)
～爲止	～まで	～まで
福袋	ふくぶくろ	福袋(ふくぶくろ)
展示品	てんじひん	展示品(てんじひん)
存貨出清	ざいこいっそう	在庫一掃(ざいこいっそう)
買到賺到	おかいどく	お買(か)い得(どく)
不能錯過	みのがせない	見逃(みのが)せない
先搶先贏	はやいものがち	早(はや)い者(もの)勝(が)ち
賣完爲止	うりきれごめん	売(う)り切(き)れ御免(ごめん)
清倉拍賣	しょぶん	処分(しょぶん)

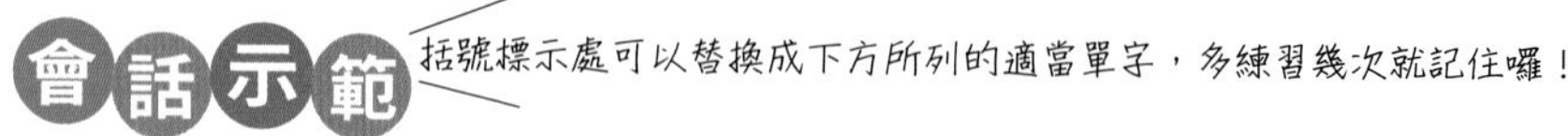

木下加恋：うちのお母さんって、【バーゲン】①の時でもめったに自分の服を買ったりしないんだよ。

我媽媽就算是【大拍賣】的時候也很少買自己的衣服。

宮野早織：そうなの？【けちんぼ】②ってわけじゃないよね。

真的嗎？應該不是【小氣鬼】吧？

木下加恋：うん。私やお姉ちゃんには、いつも奮発してくれる。

嗯，她對我跟姊姊很慷慨。

宮野早織：自分がほしいものより娘達のために……とってもいいお母さんじゃない。

比起買自己想要的東西，更願意花錢買給女兒……真是個好媽媽。

可替換字詞

① 出血大サービス、半額、お買い得

（跳樓大拍賣、半價、買到賺到）

① けち、守銭奴、貧乏

（小氣、守財奴、貧窮）

4

お給料(きゅうりょう)どれくらいあるんだろうね。

薪水不曉得有多少？

舞妓的薪水不曉得
有多少？會不會有
年節獎金？
感覺應該不會
太多。年節獎金……
從來沒聽過。

金銭 相關用語 依中文｜唸法（平假名／片假名）｜寫法（漢字）排列

MP3
6-04-01

零用錢	こづかい	小遣い(こづか)
存	ためる	貯める(た)
撲滿	ちょきんばこ	貯金箱(ちょきんばこ)

壓歲錢	おとしだま	お年玉（としだま）
儲蓄	ちょきん	貯金（ちょきん）
存款	よきん	預金（よきん）
私房錢	へそくり	へそくり
借錢	しゃっきん	借金（しゃっきん）
薪水	きゅうりょう	給料（きゅうりょう）
獎金	ボーナス	ボーナス
收入	しゅうにゅう	収入（しゅうにゅう）
支出	ししゅつ	支出（ししゅつ）
稅金	ぜいきん	税金（ぜいきん）
保險	ほけん	保険（ほけん）
生活費	せいかつひ	生活費（せいかつひ）
房租	やちん	家賃（やちん）
投資	とうし	投資（とうし）
年金	ねんきん	年金（ねんきん）
禮金	しゅうぎ	祝儀（しゅうぎ）
奠儀	こうでん	香典（こうでん）
香油錢	さいせん	賽銭（さいせん）
有錢人	かねもち	金持ち（かねも）

紙幣	おさつ	お札（さつ）
五日圓硬幣	ごえんだま	五円玉（ごえんだま）

女性職業 相關用語 依中文｜唸法（平假名／片假名）｜寫法（漢字）排列

MP3 6-04-02

海女	あま	海女（あま）
尼姑	あま	尼（あま）
巫女	みこ	巫女（みこ）
招魂巫女	いたこ	いたこ
舞妓	まいこ	舞妓（まいこ）
藝妓	げいしゃ	芸者（げいしゃ）
旅館女老闆	おかみ	女将（おかみ）
女播音員	うぐいすじょう	鶯嬢（うぐいすじょう）
女忍者	くのいち	くの一（いち）
老鴇	やりてばば	遣り手婆（やりてばば）

女性職業

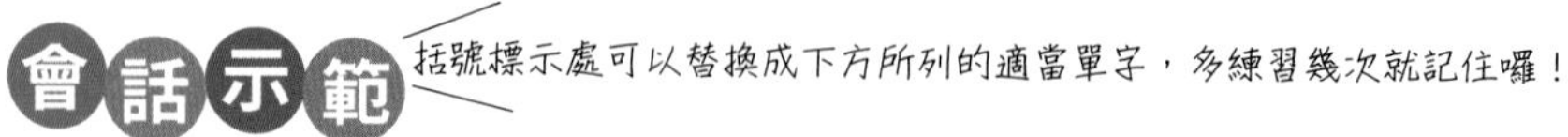

木下加恋（きのしたかれん）
【舞妓（まいこ）】①さんって、お給料（きゅうりょう）どれくらいあるんだろうね。ボーナスは出（で）るのかな。

【舞妓】的薪水不曉得有多少？會不會有年節獎金？

宮野早織（みやのさおり）
あんまり高（たか）いイメージないよね。ボーナスは……聞（き）いたことないな。

感覺應該不會太多。年節獎金……從來沒聽過。

木下加恋（きのしたかれん）
【家賃（やちん）】②とかは、ちゃんと払（はら）えてるのかな。

她們負擔得起【房租】嗎？

宮野早織（みやのさおり）
急（きゅう）にどうしたの？

怎麼突然問這個？

木下加恋（きのしたかれん）
実（じつ）はね、ずっとあこがれてるの。

其實我一直很嚮往這個職業。

可替換字詞

① 芸者（げいしゃ）、海女（あま）、鶯嬢（うぐいすじょう）（藝妓、海女、女播音員）

② 保険（ほけん）、税金（ぜいきん）（保險、稅金）

5

最近(さいきん)、この辺泥棒(へんどろぼう)が何件(なんけん)も出(で)たって。

最近這一帶發生好幾起竊盜案。

妳不知道嗎？
最近這一帶發生
好幾起竊盜案。
好多警察不曉得
發生了什麼事。

經濟 相關用語 依中文｜唸法（平假名／片假名）｜寫法（漢字）排列

MP3
6-05-01

經濟	けいざい	経済(けいざい)
金融	きんゆう	金融(きんゆう)
景氣	けいき	景気(けいき)

景氣好	こうけいき	好景気（こうけいき）
不景氣	ふけいき	不景気（ふけいき）
物價	ぶっか	物価（ぶっか）
漲價	ねあげ	値上げ（ねあげ）
降價	ねさげ	値下げ（ねさげ）
雇用	こよう	雇用（こよう）
失業	しつぎょう	失業（しつぎょう）
增稅	ぞうぜい	増税（ぞうぜい）
減稅	げんぜい	減税（げんぜい）
工資	ちんぎん	賃金（ちんぎん）
提高工資	ちんあげ	賃上げ（ちんあげ）
外匯	がいこくかわせ	外国為替（がいこくかわせ）
股票	かぶ	株（かぶ）
股價	かぶか	株価（かぶか）
上漲	じょうしょう	上昇（じょうしょう）
下跌	げらく	下落（げらく）
股東	かぶぬし	株主（かぶぬし）
量化寬鬆	りょうてきかんわ	量的緩和（りょうてきかんわ）
國債	こくさい	国債（こくさい）

經
濟

消費稅	しょうひぜい	消費税（しょうひぜい）
囤積	かいだめ	買い溜め（か・だ）
不買	かいびかえ	買い控え（か・びか）

警察 相關用語 依中文｜唸法（平假名／片假名）｜寫法（漢字）排列

MP3 6-05-02

警察	けいさつ	警察（けいさつ）
警察人員	けいさつかん	警察官（けいさつかん）
巡警	おまわりさん	お巡りさん（まわ）
警察局	けいさつしょ	警察署（けいさつしょ）
派出所	こうばん	交番（こうばん）
制服	せいふく	制服（せいふく）
警車	パトカー	パトカー
巡邏	パトロール	パトロール
警笛	サイレン	サイレン
手銬	てじょう	手錠（てじょう）
戴上	かける	掛ける（か）
警用機車	しろバイ	白バイ（しろ）
跟蹤	ついせき	追跡（ついせき）

手槍	けんじゅう	拳銃
開槍	うつ	撃つ
防彈背心	ぼうだんチョッキ	防弾チョッキ
盤查	しょくむしつもん	職務質問
警察服務證	けいさつてちょう	警察手帳
出示	みせる	見せる
抓	つかまえる	捕まえる
帶走	れんこう	連行
犯罪	はんざい	犯罪
小偷	どろぼう	泥棒
扒手	すり	掏摸
詐欺	さぎ	詐欺
色狼	ちかん	痴漢

警察

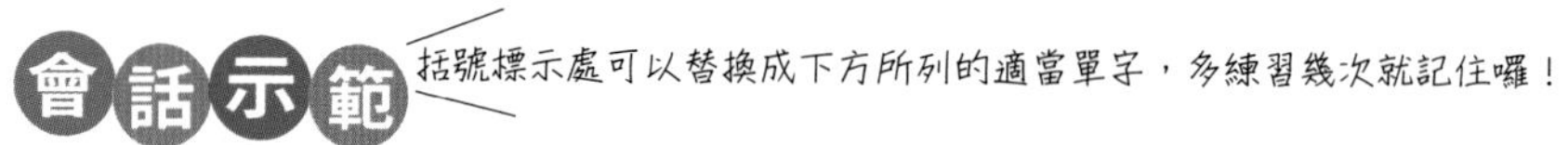

今日、【お巡りさん】①多いね。

今天【警察】真多。

宮野早織（みやのさおり）
何（なに）かあったのかな。

不曉得發生了什麼事。

木下加恋（きのしたかれん）
知（し）らないの？最近（さいきん）、この辺泥棒（へんどろぼう）が何件（なんけん）も出（で）たって。

妳不知道嗎？最近這一帶發生多起竊盜案。

宮野早織（みやのさおり）
そうなの？

真的嗎？

木下加恋（きのしたかれん）
【失業率（しつぎょうりつ）が上（あ）がっ】②たりして景気（けいき）が悪（わる）くなったら犯罪（はんざい）が増（ふ）えるっていうけど、ほんとだね。

人家說【失業率上升】時，景氣變差，犯罪就會增加，果然是真的。

可替換字詞

① パトカー、白（しろ）バイ（警車、警用機車）

② 物価（ぶっか）が上（あ）がっ、増税（ぞうぜい）し、株価（かぶか）が下落（げらく）し、消費税（しょうひぜい）が上（あ）がっ

（物價上升、增稅、股價下跌、消費稅提高）

6

不正(ふせい)に口座開設(こうざかいせつ)する犯罪(はんざい)が増(ふ)えているんだって。

最近違法開戶的犯罪增加了。

銀行 相關用語 依中文｜唸法（平假名／片假名）｜寫法（漢字）排列

MP3 6-06-01

銀行	ぎんこう	銀行(ぎんこう)
帳戶	こうざ	口座(こうざ)

開戶	こうざかいせつ	口座開設
身分證	みぶんしょう	身分証
印章	はんこ	判子
蓋章	はんこをおす	判子を押す
簽名	サイン	サイン
存摺	つうちょう	通帳
卡片	カード	カード
插入	そうにゅう	挿入
觸控螢幕	タッチパネル	タッチパネル
餘額	ざんだか	残高
查詢	しょうかい	照会
金額	きんがく	金額
利息；利率	きんり	金利
輸入	にゅうりょく	入力
密碼	あんしょうばんごう	暗証番号
提款	ひきだし	引き出し
存款	あずけいれ	預け入れ
活期存款	ふつうよきん	普通預金
支票存款	とうざよきん	当座預金

定期存款	ていきよきん	定期預金
扣繳	ひきおとし	引き落し
轉帳	ふりこみ	振り込み
繳稅	のうぜい	納税
繳費	しはらい	支払い

審判 相關用語 依中文｜唸法（平假名／片假名）｜寫法（漢字）排列

MP3 6-06-02

審判	さいばん	裁判
法官	さいばんかん	裁判官
法院	さいばんしょ	裁判所
檢察官	けんさつかん	検察官
律師	べんごし	弁護士
訊問	じんもん	尋問
偵查	とりしらべ	取り調べ
佯稱不知	しらをきる	白を切る
緘默權	もくひけん	黙秘権
使犯人認罪	おとす	落とす
招認	はくじょう	白状

冤枉	ぬれぎぬ	濡れ衣
酌情	しゃくりょう	酌量
徒刑	ちょうえき	懲役
緩刑	しっこうゆうよ	執行猶予
認罪協商	しほうとりひき	司法取引

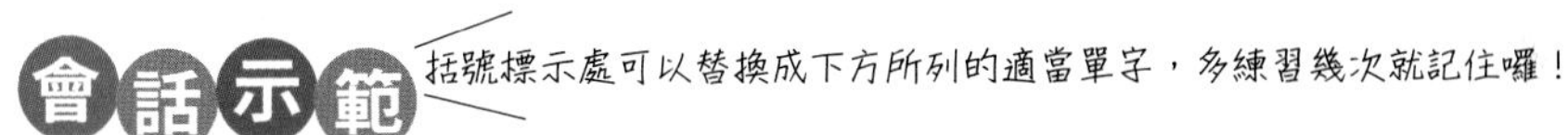

山田広輝（やまだこうき）

不正に【口座開設する】①犯罪が増えているんだって。

孫だとか友達だとか言ってだますらしい。

犯人、最初は取り調べで【白を切りとおす】②そうだよ。

聽說最近違法【開戶】的犯罪增加了，都是假裝孫子或朋友。而且聽說歹徒在接受訊問時，剛開始都【裝作不知道】呢。

木下加恋（きのしたかれん）

そうなんだ。懲役はどれぐらいになるんだろうね。

真的嗎？不曉得會被關幾年。

山田広輝（やまだこうき）

だいたいが５年以下だってニュースでは

言ってたけど……。

新聞上說差不多是５年以下有期徒刑……

可替換字詞

① 通帳から引き落とす、口座に振り込ませる

（提領現金、匯款）

② 白状しない、濡れ衣だとか言う

（不肯認罪、一直喊冤）

7

この前の選挙、行った？

你上次有沒有去投票？

我也嚇了一跳。
而且竟然慘敗。

沒想到大家都說篤定
當選的人會落選。

勝負 相關用語 依中文｜唸法（平假名／片假名）｜寫法（漢字）排列

MP3
6-07-01

勝負	しょうぶ	勝負（しょうぶ）
勝利	しょうり	勝利（しょうり）
敗北	はいぼく	敗北（はいぼく）

贏	かつ	勝つ（か）
輸	まける	負ける（ま）
擊敗	たおす	倒す（たお）
大勝	あっしょう	圧勝（あっしょう）
大敗	ざんぱい	惨敗（ざんぱい）
輕鬆獲勝	らくしょう	楽勝（らくしょう）
險勝	しんしょう	辛勝（しんしょう）
大獲全勝	ぜんしょう	全勝（ぜんしょう）
一敗塗地	ぜんぱい	全敗（ぜんぱい）
優勢	ゆうせい	優勢（ゆうせい）
劣勢	れっせい	劣勢（れっせい）
勝算	しょうさん	勝算（しょうさん）
沒有勝算	かちめがない	勝ち目がない（か　め）
拉鋸戰	せっせん	接戦（せっせん）
苦戰	くせん	苦戦（くせん）
勢均力敵	ごかく	互角（ごかく）
得勝的原因	しょういん	勝因（しょういん）
失敗的原因	はいいん	敗因（はいいん）
競爭失敗者	まけいぬ	負け犬（ま　いぬ）

不服輸	まけおしみ	負け惜しみ
雪恥	せつじょくをはたす	雪辱を果たす
勝者為王	かてばかんぐん	勝てば官軍
敗者為寇	まければぞくぐん	負ければ賊軍

選舉 相關用語 依中文｜唸法（平假名／片假名）｜寫法（漢字）排列

MP3 6-07-02

選舉	せんきょ	選挙
選	えらぶ	選ぶ
選舉權	せんきょけん	選挙権
候選人	こうほしゃ	候補者
宣布參選	りっこうほ	立候補
出馬競選	しゅつば	出馬
政黨	せいとう	政党
演說	えんぜつ	演説
選舉宣傳車	せんきょカー	選挙カー
女播音員	ウグイスじょう	ウグイス嬢
造勢大會	けっきしゅうかい	決起集会
投票	とうひょう	投票

選舉

選票	とうひょうようし	投票用紙
開票	かいひょう	開票
速報	そくほう	速報
得票	とくひょう	得票
確定當選	とうかく	当確
當選	とうせん	当選
落選	らくせん	落選
黨主席	だいひょう	代表
市長	しちょう	市長
縣長	けんちじ	県知事
議員	ぎいん	議員
競選承諾	こうやく	公約
履行競選承諾	こうやくをはたす	公約を果たす
違反競選承諾	こうやくいはん	公約違反

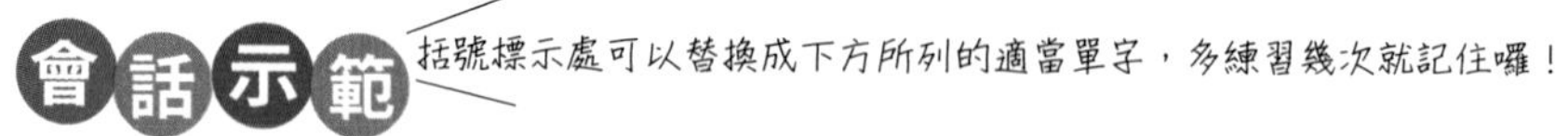
會話示範
括號標示處可以替換成下方所列的適當單字，多練習幾次就記住囉！

きのしたかれん
木下加恋

この前の選挙、行った？

妳上次有沒有去投票？

佐藤真波（さとうまなみ）　うん。誰（だれ）に投票（とうひょう）しようか、すごく迷（まよ）った。

有，我煩惱了好久，不知該投給誰呢。

木下加恋（きのしたかれん）　まさか【当選確実（とうせんかくじつ）】①って言（い）われてたあの人（ひと）が【落選（らくせん）】②するなんてね。

真沒想到大家都說【篤定當選】的那個人會【落選】。

佐藤真波（さとうまなみ）　びっくりしたよね。【惨敗（ざんぱい）】③で。

我也嚇了一跳。而且竟然會【慘敗】。

木下加恋（きのしたかれん）　どっちが【勝（か）って】④も、【公約（こうやく）をきちんと果（は）たしてくれたら】⑤、私（わたし）はそれでいいや。

不管誰【選上】，只要能【實現政見】，我都無所謂。

可替換字詞

① 落選（らくせん）するだろう（大概會落選）

② 当選（とうせん）（當選）

③ 圧勝（あっしょう）（大獲全勝）

④ 負（ま）けて（輸）

⑤ 公約違反（こうやくいはん）しなければ（不違背政見）

PART 7
娛樂和旅遊
祭
祭
祭
祭

1

誰（だれ）が一番（いちばん）好（ず）き？

你最喜歡誰？

迪士尼的卡通角色裡，妳最喜歡誰？

灰姑娘吧。

迪士尼樂園 相關用語 依中文｜唸法（平假名／片假名）｜寫法排列

MP3 7-01-01

迪士尼樂園	ディズニーランド	ディズニーランド
米奇	ミッキーマウス	ミッキーマウス
米妮	ミニーマウス	ミニーマウス

布魯托	プルート	プルート
唐老鴨	ドナルドダック	ドナルドダック
黛絲	デイジーダック	デイジーダック
高飛	グーフィー	グーフィー
小熊維尼	くまのプーさん	熊（くま）のプーさん
小飛象	ダンボ	ダンボ
灰姑娘	シンデレラ	シンデレラ
白雪公主	しらゆきひめ	白雪姫（しらゆきひめ）
小矮人	こびと	小人（こびと）
小飛俠	ピーター・パン	ピーター・パン
奇妙仙子	ティン・カーベル	ティン・カーベル
小木偶	ピノキオ	ピノキオ
頑童湯姆	トム・ソーヤ	トム・ソーヤ
愛麗絲	アリス	アリス
史迪奇	スティッチ	スティッチ
兔子羅傑	ロジャー・ラビット	ロジャー・ラビット
奇奇與蒂蒂	チップとデール	チップとデール
玩具總動員	トイ・ストーリー	トイ・ストーリー
巴斯光年	バズ・ライトイヤー	バズ・ライトイヤー

怪獸電力公司	モンスターズ・インク	モンスターズ・インク
神鬼奇航	パイレーツ・オブ・カリビアン	パイレーツ・オブ・カリビアン
傑克・史派羅	ジャック・スパロウ	ジャック・スパロウ
星際大戰	スター・ウォーズ	スター・ウォーズ

跑 **相關用語** 依中文｜唸法（平假名／片假名）｜寫法（漢字）排列

MP3
7-01-02

跑	はしる	走る
賽跑	きょうそう	競走
遙遙領先	どくそう	独走
抽筋	つる	攣る
大步	おおまた	大股
小步	こまた	小股
逃跑	にげる	逃げる
追趕	おいかける	追い掛ける
追上	おいつく	追い付く
揪住	つかまえる	捕まえる
氣喘吁吁	いきがきれる	息が切れる

腿部肌肉僵硬	あしがぼうになる	足が棒になる
跑來跑去	はしりまわる	走り回る
跑完全程	はしりぬく	走り抜く
開始跑	はしりだす	走り出す
一起跑	いっしょにはしる	一緒に走る
跑得快	はしるのがはやい	走るのが早い
跑得慢	はしるのがおそい	走るのが遅い
全力衝刺	ぜんりょくしっそう	全力疾走
橫越馬路	みちをよこぎる	道を横切る
跑進去	かけこむ	駆け込む
趕搭車	かけこみじょうしゃ	駆け込み乗車
龜兔賽跑	うさぎとかめ	兎と亀
十二月	しわす	師走
潦草寫下	はしりがき	走り書き

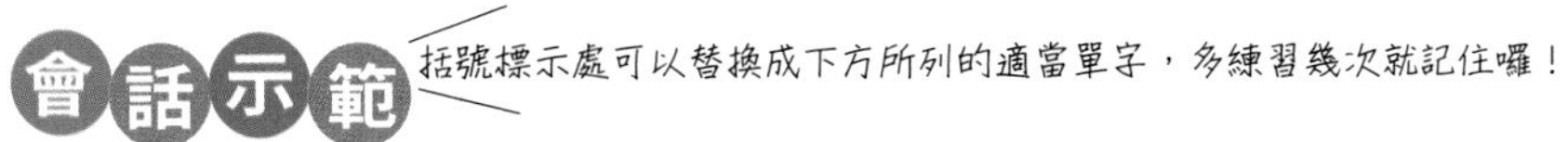
會話示範
括號標示處可以替換成下方所列的適當單字，多練習幾次就記住囉！

きのしたかれん
木下加恋

ディズニーのキャラクターで、誰が一番好き？

迪士尼的卡通角色裡，妳最喜歡誰？

佐藤真波（さとうまなみ）

【シンデレラ】①かなぁ。

【灰姑娘】吧。

木下加恋（きのしたかれん）

私（わたし）も！今度（こんど）、ディズニーランド行（い）かない？

我也是！下次要不要一起去迪士尼樂園？

佐藤真波（さとうまなみ）

いいねぇ。開園（かいえん）と同時（どうじ）にみんな【走（はし）り出（だ）す】②のがおもしろいよね。

好啊。一開園所有人都【往前跑】的感覺真有趣。

木下加恋（きのしたかれん）

えっ、いつもそんなに早（はや）くから行（い）ってるの？

咦？妳都那麼早去？

可替換字詞

① ミッキーマウス、ミニーマウス、ピノキオ、アリス、ジャック・スパロウ

（米老鼠、米妮、小木偶、愛麗絲、傑克・史派羅）

② 全力疾走（ぜんりょくしっそう）する、競争（きょうそう）みたいに走（はし）る、息（いき）が切（き）れるほど走（はし）る

（全力奔跑、跑得像在比賽一樣、跑得氣喘吁吁）

2

どこへ行(い)ったの？

去了哪裡？

餐廳 相關用語 依中文｜唸法（平假名／片假名）｜寫法（漢字）排列

MP3 7-02-01

餐廳	レストラン	レストラン
餐桌	テーブル	テーブル
收銀台	レジ	レジ

餐巾	ナプキン	ナプキン
菜單	メニュー	メニュー
套餐	セット	セット
單點	たんぴん	単品
飲料	のみもの	飲み物
甜點	デザート	デザート
廚師	シェフ	シェフ
推薦	おすすめ	お勧め
點菜	ちゅうもん	注文
濕毛巾	おしぼり	お絞り
擦	ふく	拭く
包廂	こしつ	個室
吸煙區	きつえんせき	喫煙席
禁煙區	きんえんせき	禁煙席
開始吃	たべはじめる	食べ始める
吃完	たべおわる	食べ終わる
用完的盤子	あいたおさら	空いたお皿
收走	さげる	下げる
結帳	かいけい	会計

收據	りょうしゅうしょ	領収書
吃到飽	たべほうだい	食べ放題
喝到飽	のみほうだい	飲み放題
規定用餐時間	せいげんじかん	制限時間

約會 相關用語 依中文｜唸法（平假名／片假名）｜寫法（漢字）排列

MP3 7-02-02

約會	デート	デート
第一次約會	はつデート	初デート
等待會合	まちあわせ	待ち合わせ
約定	やくそく	約束
預定	よてい	予定
預約	よやく	予約
高興	うれしい	嬉しい
緊張	ドキドキする	ドキドキする
害羞	はずかしい	恥ずかしい
牽手	てをつなぐ	手を繋ぐ
手挽著手	うでをくむ	腕を組む
兩人獨處	ふたりきり	二人きり

電燈泡	おじゃまむし	お邪魔虫
禮物	プレゼント	プレゼント
附上一封信	てがみをそえる	手紙を添える
告白	こくはくする	告白する
凝視	みつめる	見詰める
尷尬	きまずい	気まずい
點頭	うなずく	頷く
交往	つきあう	付き合う
紀念日	きねんび	記念日
主動	せっきょくてき	積極的
被動	しょうきょくてき	消極的
分手	わかれる	別れる
劈腿	ふたまた	二股
被甩了	ふられる	振られる
電影	えいが	映画
導演	かんとく	監督
演員	はいゆう	俳優
新進	わかて	若手
資深	ベテラン	ベテラン

角色	やく	役
最適合的角色	はまりやく	はまり役
主角	しゅやく	主役
配角	わきやく	脇役
劇本	きゃくほん	脚本
台詞	せりふ	台詞
演技	えんぎ	演技
電影院	えいがかん	映画館
預售票	まえうりチケット	前売りチケット
全票	いっぱんチケット	一般チケット
上映	じょうえい	上映
字幕	じまく	字幕
配音	ふきかえ	吹き替え
新片	しんさくえいが	新作映画
預告片	よこくへん	予告編
恐怖片	ホラーえいが	ホラー映画
喜劇片	コメディえいが	コメディ映画
動作片	アクションえいが	アクション映画
科幻片	エスエフえいが	ＳＦ映画

愛情片	れんあいえいが	恋愛映画（れんあいえいが）
紀錄片	ドキュメンタリーえいが	ドキュメンタリー映画（えいが）

括號標示處可以替換成下方所列的適當單字，多練習幾次就記住囉！

木下加恋（きのしたかれん）

川村君（かわむらくん）とデートしたんだって？

どこへ行（い）ったの？

聽說妳跟川村約會了？

你們去了哪裡？

宮野早織（みやのさおり）

レストラン、予約（よやく）してくれてたんだ。

【テーブルからナプキン】①まで、高級（こうきゅう）な感（かん）じだった。

他預約了餐廳。【從餐桌到餐巾】都看起來很高級。

木下加恋（きのしたかれん）

わぁ、よかったじゃない。

で、味（あじ）はどうだったの？

哇，那不是很好嗎？

餐點好不好吃？

それが、覚えてないの。

何回も二人で話したことあるはずなのに、

【ドキドキして】②。

這個嘛，我不記得了。

明明跟他說了那麼多次話，我卻還是覺得【好緊張】。

可替換字詞

① 飲み物からデザート（從飲料到甜點）

② 恥ずかしくて、なんだか気まずくて（好害羞、好尷尬）

3

最近人気があるバンドのだよね？

是目前當紅樂團的歌吧？

現在播放的這首歌，是當紅樂團的歌吧？
是啊，我是吉他手 SAKI 的粉絲。

音樂 相關用語 依中文｜唸法（平假名／片假名）｜寫法（漢字）排列

MP3 7-03-01

中文	唸法	寫法
音樂	おんがく	音楽
樂譜	がくふ	楽譜
大調	ちょうちょう	長調

小調	たんちょう	短調
和弦	コード	コード
和聲	ハーモニー	ハーモニー
五線譜	ごせんふ	五線譜
高音譜號	トおんきごう	ト音記号
低音譜號	へおんきごう	へ音記号
音符	おんぷ	音符
休止符	きゅうふ	休符
四分音符	しぶおんぷ	四分音符
一拍	いっぱく	一拍
升記號	シャープ	シャープ
降記號	フラット	フラット
指揮	しきしゃ	指揮者
管弦樂團	オーケストラ	オーケストラ
彈	ひく	弾く
小提琴	バイオリン	バイオリン
長笛	フルート	フルート
單簧管	クラリネット	クラリネット
小號	トランペット	トランペット

長號	トロンボーン	トロンボーン
定音鼓	ティンパニ	ティンパニ
鋼琴	ピアノ	ピアノ

樂團 相關用語 依中文｜唸法（平假名／片假名）｜寫法（漢字）排列

MP3
7-03-02

樂團	バンド	バンド
歌曲	うた	歌（うた）
成軍	けっせい	結成（けっせい）
獨立製作	インディーズ	インディーズ
試聽帶	デモテープ	デモテープ
主唱	ボーカル	ボーカル
吉他	ギター	ギター
貝斯	ベース	ベース
鼓	ドラム	ドラム
團長	リーダー	リーダー
歌迷	ファン	ファン
巡迴演唱會	ツアー	ツアー
專輯	アルバム	アルバム

精選輯	ベストアルバム	ベストアルバム
唱片公司	レコードがいしゃ	レコード会社

括號標示處可以替換成下方所列的適當單字，多練習幾次就記住囉！

木下加恋：今流れている歌、最近人気があるバンドのだよね？

現在播放的這首歌，是目前當紅樂團的歌吧？

宮野早織：そうそう。私、【ギター】①の SAKI のファンなんだ。

是啊，我是【吉他手】SAKI 的粉絲。

木下加恋：そうなんだ。

あれ、【バイオリン】②の音もしない？

原來如此。

咦？怎麼會有【小提琴】的聲音？

宮野早織：うん。オーケストラの楽器も入った、

おもしろいバンドなんだよ。

嗯，裡頭有管絃樂的樂器，這樂團很有趣。

可替換字詞

① ボーカル、ベース、ドラム、リーダー

（主唱、貝斯手、鼓手、團長）

② フルート、クラリネット、トランペット、トロンボーン、ティンパニ、ピアノ

（長笛、單簧管、小號、長號、定音鼓、鋼琴）

4

何読(なによ)んでるの？

你在看什麼書？

妳不看海賊王太可惜了，
作者簡直是天才。
還以為你在看什麼書，
原來是漫畫啊。

閱讀 相關用語 依中文｜唸法（平假名／片假名）｜寫法（漢字）排列

MP3 7-04-01

書	ほん	本(ほん)
看	よむ	読(よ)む
寫	かく	書(か)く

頁	ページ	ページ
翻	めくる	捲(めく)る
書籤	しおり	栞(しおり)
夾	はさむ	挟(はさ)む
封面	ひょうし	表紙(ひょうし)
目錄	もくじ	目次(もくじ)
圖書館	としょかん	図書館(としょかん)
借	かりる	借(か)りる
還	かえす	返(かえ)す
讀書	どくしょ	読書(どくしょ)
讀者	どくしゃ	読者(どくしゃ)
作者	さくしゃ	作者(さくしゃ)
小說	しょうせつ	小説(しょうせつ)
繪本	えほん	絵本(えほん)
出版	しゅっぱん	出版(しゅっぱん)
看到一半	よみかけ	読(よ)みかけ
看完	よみきる	読(よ)み切(き)る
看得入迷	よみふける	読(よ)み耽(ふけ)る
重看	よみかえす	読(よ)み返(かえ)す

書呆子	ほんのむし	本の虫（ほん むし）
愛看的書	あいどくしょ	愛読書（あいどくしょ）
值得一讀	よみごたえがある	読み応えがある（よ ごた）
大致翻過	ざっとめをとおす	ざっと目を通す（め とお）

航海王 相關用語 依中文｜唸法（平假名／片假名）｜寫法（漢字）排列

MP3 7-04-02

航海王	ワンピース	ワンピース
海盜	かいぞく	海賊（かいぞく）
魯夫	ルフィ	ルフィ
索隆	ゾロ	ゾロ
喬巴	チョッパー	チョッパー
佛朗基	フランキー	フランキー
布魯克	ブルック	ブルック
騙人布	ウソップ	ウソップ
香吉士	サンジ	サンジ
娜美	ナミ	ナミ
羅賓	ロビン	ロビン
夥伴	なかま	仲間（なかま）

義氣	おとこぎ	侠気
稻草	むぎわら	麦わら
禮帽	シルクハット	シルクハット
馴鹿	トナカイ	トナカイ
改造人	サイボーグ	サイボーグ
骨頭	ほね	骨
膽小	おくびょう	臆病
通緝令	てはいしょ	手配書
懸賞金	けんしょうきん	懸賞金

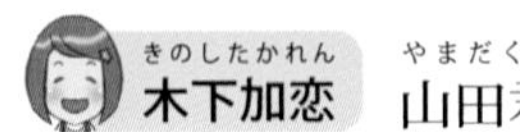

山田君、何読んでるの？

山田，你在看什麼書？

『ワンピース』だよ。

《航海王》啦。

【本の虫だ】①から何かと思ったら、漫画かぁ。

想說【書呆子】又在看什麼書，沒想到是漫畫啊。

【ルフィ】②がすごくかっこいいんだ。

【魯夫】真是太帥了。

そんなにおもしろいの？

這麼好看嗎？

読(よ)まなきゃ損(そこ)するって。作者(さくしゃ)は天才(てんさい)だよ。

妳不看真是太可惜了，作者簡直是天才。

可替換字詞

① 読(よ)みふけっている、何度(なんど)も読(よ)み返(かえ)している

（看得這麼入迷、反覆看了好幾遍）

② ゾロ、チョッパー、フランキー、ブルック、ウソップ、サンジ、

ナミ、ロビン

（索隆、喬巴、佛朗基、布魯克、騙人布、香吉士、娜美、羅賓）

5

今朝（けさ）、テレビ、見（み）た？

你今天早上看電視了嗎？

妳看電視了嗎？超級偶像 NAO 居然是替身。
不曉得是誰揭穿秘密，背後應該有什麼陰謀吧。

海女小天 **相關用語** 依中文｜唸法（平假名／片假名）｜寫法（漢字）排列

MP3 7-05-01

中文	唸法	寫法
潛水	もぐる	潜（もぐ）る
腔調	なまり	訛（なま）り
通車典禮	かいつうしき	開通式（かいつうしき）

中文	唸法（平假名／片假名）	寫法（漢字）
彩球	くすだま	薬玉（くすだま）
海膽蓋飯	ウニどん	ウニ丼（どん）
小酒吧	スナック	スナック
不能喝酒的人	げこ	下戸（げこ）
偶像團體	アイドルグループ	アイドルグループ
海潮聲	しおさい	潮騒（しおさい）
潛水員	ダイバー	ダイバー
徒弟	でし	弟子（でし）
夜行巴士	やこうバス	夜行（やこう）バス
演藝界	げいのうかい	芸能界（げいのうかい）
替身	かげむしゃ	影武者（かげむしゃ）
經紀人	マネージャー	マネージャー
跟班	つきびと	付（つ）き人（びと）

秘密 相關用語 依中文｜唸法（平假名／片假名）｜寫法（漢字）排列

MP3 7-05-02

中文	唸法（平假名／片假名）	寫法（漢字）
秘密	ひみつ	秘密（ひみつ）
奧秘	しんぴ	神秘（しんぴ）
隱藏	かくす	隠（かく）す

守護	まもる	守る（まも）
揭發	あばく	暴く（あば）
看穿	みやぶる	見破る（みやぶ）
敗露	ばれる	ばれる
洩漏	もらす	漏らす（も）
暴露	ばくろ	暴露（ばくろ）
坦白招認	はくじょう	白状（はくじょう）
說出實話	うちあける	打ち明ける（う・あ）
毫不隱瞞	つつみかくさず	包み隠さず（つつ・かく）
公開	こうかい	公開（こうかい）
不公開	ひこうかい	非公開（ひこうかい）
悄悄地	そっと	そっと
偷偷地	こっそり	こっそり
暗中	ひそかに	密かに（ひそ）
隱私	プライバシー	プライバシー
私人的	プライベート	プライベート
暗號	あんごう	暗号（あんごう）
線索	てがかり	手掛かり（て・が）
絕對機密	ごくひ	極秘（ごくひ）

陰謀	いんぼう	陰謀（いんぼう）
偵探	たんてい	探偵（たんてい）
間諜	スパイ	スパイ

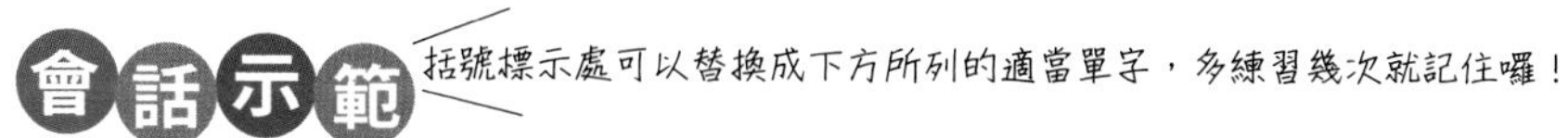

括號標示處可以替換成下方所列的適當單字，多練習幾次就記住囉！

佐藤真波（さとうまなみ）

今朝（けさ）、テレビ、見（み）た？

アイドルグループの【マネージャー】①のニュース。

妳今天早上看電視了嗎？

關於偶像團體的【經紀人】的新聞。

木下加恋（きのしたかれん）

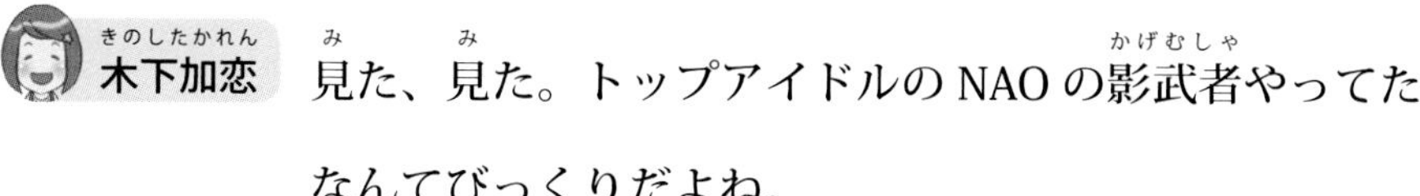

見（み）た、見（み）た。トップアイドルのNAOの影武者（かげむしゃ）やってたなんてびっくりだよね。

誰（だれ）が【暴（あば）いた】②んだろう。

看了、看了。那個人竟然是超級偶像NAO的替身，真是令我嚇了一大跳。不曉得是誰【揭穿】了秘密。

佐藤真波（さとうまなみ）

ネットの噂（うわさ）では、NAO本人（ほんにん）だって。

網路上謠傳是NAO自己。

えー、陰謀(いんぼう)の匂(にお)いがする。芸能界(げいのうかい)って怖(こわ)いね。

背後應該有什麼陰謀吧。演藝圈真是太可怕了。

可替換字詞

① 付(つ)き人(びと)（跟班）

② 見破(みやぶ)った、漏(も)らした、暴露(ばくろ)した

（看穿、洩露、暴露）

6

コスプレってどう思（おも）う？

你對 Cosplay 有什麼看法？

cosplay 相關用語 依中文｜唸法（平假名／片假名）｜寫法（漢字）排列

MP3
7-06-01

Cosplay（角色扮演）	コスプレ	コスプレ
Coser（角色扮演者）	コスプレイヤー	コスプレイヤー
動畫	アニメ	アニメ

角色	キャラクター	キャラクター
扮演	ふんする	扮する
化妝	メイク	メイク
假髮	かつら	鬘
服裝	いしょう	衣装
道具	こどうぐ	小道具
自製	てづくり	手作り
訂製	オーダーメイド	オーダーメイド
出租	レンタル	レンタル
改造	アレンジ	アレンジ
獨創	オリジナル	オリジナル
設計	デザイン	デザイン
縫紉機	ミシン	ミシン
縫	ぬう	縫う
活動	イベント	イベント
比賽	コンテスト	コンテスト
攝影師	カメラマン	カメラマン
拍照	カメラさつえい	カメラ撮影
攝影棚	さつえいスタジオ	撮影スタジオ

制服	せいふく	制服
女僕	メイド	メイド
蘿莉塔	ロリータ	ロリータ
玩偶裝	きぐるみ	着ぐるみ

理解 相關用語 依中文｜唸法（平假名／片假名）｜寫法（漢字）排列

MP3 7-06-02

了解	りかい	理解
明白	わかる	分かる
掌握	はあく	把握
要領	ようてん	要点
重點	ポイント	ポイント
總整理	まとめ	まとめ
記住	おぼえる	覚える
背	あんき	暗記
模糊的記憶	うろおぼえ	うろ覚え
理解	なっとく	納得
搞懂	がてんがいく	合点がいく
原來如此	なるほど	なるほど

可以理解	うなずける	頷ける
無法理解	ふにおちない	腑に落ちない
學會	しゅうとく	習得
清楚	よくわかる	よく分かる
明瞭	はっきりわかる	はっきり分かる
領悟	さとる	悟る
知道	しる	知る
熟悉	くわしい	詳しい
精通	せいつう	精通
擅長	おてのもの	お手のもの
了解透徹	こころえる	心得る
切身知道	みにしみてわかる	身にしみて分かる
恍然大悟	めからうろこがおちる	目から鱗が落ちる
充分了解	ひゃくもしょうち	百も承知

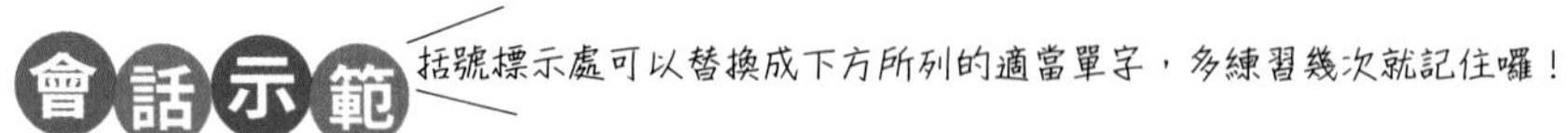

コスプレってどう思う？

妳對 Cosplay 有什麼看法？

宮野早織（みやのさおり）　コスプレというと、【キャラクターに扮（ふん）する】①こと？

Cosplay 的意思不是【角色扮演】嗎？

木下加恋（きのしたかれん）　そうそう。早織（さおり）、【よくわかってる】②ね。

是啊。早織，【妳真了解】耶。

宮野早織（みやのさおり）　そりゃあ。だって、自分（じぶん）の衣装（いしょう）、ミシンで縫（ぬ）うくらいだもん。

那當然，我可是會用縫紉機縫自己的服裝呢。

木下加恋（きのしたかれん）　えっ、早織（さおり）って……。目（め）から鱗（うろこ）が落（お）ちるかと思（おも）ったわ。

咦？早織……真沒想到妳是這樣的人。

可替換字詞

① コスプレイヤーに扮（ふん）する、鬘（かつら）をかぶったり衣装（いしょう）を着（き）る、

メイドやロリータに扮（ふん）する

（妝扮成角色人物、穿戲服戴假髮、妝扮成女僕或蘿莉塔）

② よく把握（はあく）している、よく知（し）っている、詳（くわ）しい

（真清楚、知道的真多、真熟悉）

7

なんでだろう。

真不曉得為什麼。

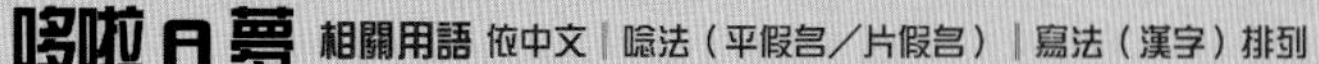

MP3
7-07-01

哆啦A夢	ドラえもん	ドラえもん
大雄	のびた	のび太
静香	しずかちゃん	静香ちゃん

胖虎	ジャイアン	ジャイアン
小夫	スネお	スネ夫
銅鑼燒	ドラやき	ドラ焼き
愛哭鬼	なきむし	泣き虫
洗澡	おふろ	お風呂
音癡	おんち	音痴
機器人	ロボット	ロボット
小跟班	こしぎんちゃく	腰巾着
抽屜	ひきだし	引き出し
壁櫥	おしいれ	押し入れ
四次元百寶袋	よじげんポケット	四次元ポケット
任意門	どこでもドア	どこでもドア
竹蜻蜓	たけコプター	竹コプター

公園 相關用語 依中文｜唸法（平假名／片假名）｜寫法（漢字）排列

MP3
7-07-02

公園	こうえん	公園
玩	あそぶ	遊ぶ
鞦韆	ブランコ	ブランコ

盪	こぐ	漕(こ)ぐ
蹺蹺板	シーソー	シーソー
溜滑梯	すべりだい	滑(すべ)り台(だい)
溜	すべる	滑(すべ)る
攀爬架	ジャングルジム	ジャングルジム
攀爬	のぼる	登(のぼ)る
單槓	てつぼう	鉄棒(てつぼう)
沙坑	すなば	砂場(すなば)
玩沙	すなあそび	砂遊(すなあそ)び
捉迷藏	かくれんぼう	隠(かく)れん坊(ぼう)
躲藏	かくれる	隠(かく)れる
鬼抓人	おにごっこ	鬼(おに)ごっこ
抓	つかまえる	捕(つか)まえる
剪刀石頭布	じゃんけん	じゃんけん
一二三木頭人	だるまさんがころんだ	達磨(だるま)さんが転(ころ)んだ
賽跑	かけっこ	駆(か)けっこ
風箏	たこ	凧(たこ)
放	あげる	揚(あ)げる
飛盤	フリスビー	フリスビー

丟	なげる	投（な）げる
長椅	ベンチ	ベンチ
坐	すわる	座（すわ）る
休息	やすむ	休（やす）む

括號標示處可以替換成下方所列的適當單字，多練習幾次就記住囉！

のび太（た）やジャイアンってさ、公園（こうえん）で遊（あそ）ばないよな。

大雄跟胖虎他們從來不在公園玩呢。

そういえば、【ブランコ】①とかで遊（あそ）んでるところ、見（み）たことないな。

這麼說來，我確實沒看過他們玩【盪鞦韆】。

なんでだろう。

真不曉得為什麼。

そりゃあ、ドラえもんが出（だ）してくれる【竹（たけ）コプター】②があれば、充分（じゅうぶん）だからだろ。

那還用問嗎？只要有哆啦A夢的【竹蜻蜓】，就已經足夠了。

公園

可替換字詞

① シーソー、滑り台（すべりだい）、ジャングルジム、鉄棒（てつぼう）、砂場（すなば）

（蹺蹺板、溜滑梯、攀登架、單槓、沙坑）

② 四次元（よじげん）ポケット、どこでもドア

（四次元口袋、任意門）

8

チャンネル変えてもいい？

可以轉臺了嗎？

爸爸，你好像心情特別好，有什麼好事嗎？
巨人隊連勝了。我就知道他們做得到。

電視 相關用語 依中文｜唸法（平假名／片假名）｜寫法（漢字）排列

MP3 7-08-01

電視	テレビ	テレビ
開	つける	点けろ
看	みる	見る

關	けす	消す（け）
遙控器	リモコン	リモコン
頻道	チャンネル	チャンネル
換	かえる	変える（か）
音量	おんりょう	音量（おんりょう）
調大	あげる	上げる（あ）
調小	さげる	下げる（さ）
節目	ばんぐみ	番組（ばんぐみ）
廣告	シーエム	CM（シーエム）
電視劇	ドラマ	ドラマ
綜藝	バラエティー	バラエティー
新聞	ニュース	ニュース
體育	スポーツ	スポーツ
購物	ショッピング	ショッピング
藝人	タレント	タレント
主持人	しかいしゃ / エムシー	司会者（しかいしゃ） / MC（エムシー）
播報員	キャスター	キャスター
電視台	テレビきょく	テレビ局（きょく）
播放	ほうそう	放送（ほうそう）

電視

直播	なまほうそう	生放送
重播	さいほうそう	再放送
電視觀衆	しちょうしゃ	視聴者

職業棒球 相關用語 依中文｜唸法（平假名／片假名）｜寫法（漢字）排列

MP3 7-08-02

職業棒球	プロやきゅう	プロ野球
日本大賽（總冠軍賽）	にほんシリーズ	日本シリーズ
高潮系列賽（季後賽）	クライマックスシリーズ	クライマックスシリーズ
優勝	ゆうしょう	優勝
4勝3敗	ヨンしょうサンぱい	4勝3敗
太平洋聯盟	パシフィックリーグ	パシフィックリーグ
中央聯盟	セントラルリーグ	セントラルリーグ
樂天	らくてん	楽天
巨人	きょじん	巨人
比賽	しあい	試合
3比0	サンたいレイ	3対0
贏	かつ	勝つ
輸	まける	負ける

投手	とうしゅ	投手（とうしゅ）
連勝	れんしょう	連勝（れんしょう）
王牌投手	エース	エース
救援投手	おさえ	抑（おさ）え

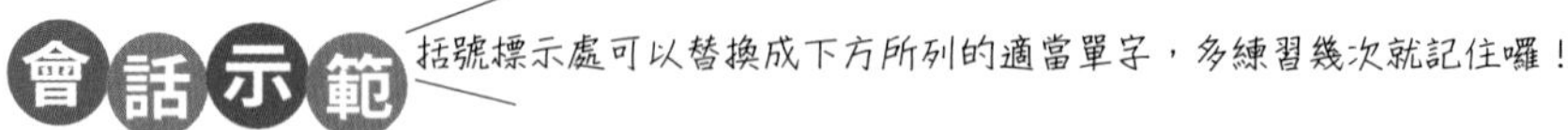
會話示範
括號標示處可以替換成下方所列的適當單字，多練習幾次就記住囉！

木下加恋（きのしたかれん）

お父（とう）さん、やけに機嫌（きげん）がいいね。

どうしたの？

爸爸，你看起來心情特別好，發生什麼事了嗎？

父親（ちちおや）

巨人（きょじん）が【連勝（れんしょう）した】①んだよ。

やってくれると思（おも）ってたんだ。

巨人隊【連勝】了。我就知道他們做得到。

木下加恋（きのしたかれん）

プロ野球（やきゅう）？

じゃ、チャンネル変（か）えてもいい？

【ドラマ】②見（み）たいの。

職棒？那我可以轉臺了嗎？

我想看【連續劇】。

父親（ちちおや）　まだ待（ま）ってくれ。

今（いま）から生放送（なまほうそう）でエースのインタビューがあるんだ。

再等一下，等等有採訪最佳球員的實況轉播。

① 勝（か）った、優勝（ゆうしょう）した

（贏、優勝）

② バラエティー、ニュース、音楽番組（おんがくばんぐみ）

（綜藝節目、新聞、音樂節目）

9

ゆっくりできたな。

能夠好好休息。

飯店 相關用語 依中文｜唸法（平假名／片假名）｜寫法（漢字）排列

MP3 7-09-01

飯店	ホテル	ホテル
商務旅館	ビジネスホテル	ビジネスホテル

膠囊旅館	カプセルホテル	カプセルホテル
訂房	よやく	予約
單人房	シングルルーム	シングルルーム
雙人房（一張雙人床）	ダブルルーム	ダブルルーム
雙人房（兩張單人床）	ツインルーム	ツインルーム
套房	スイートルーム	スイートルーム
入住	チェックイン	チェックイン
退房	チェックアウト	チェックアウト
空房	くうしつ	空室
客滿	まんしつ	満室
取消費用	キャンセルりょう	キャンセル料
櫃台	フロント	フロント
鑰匙	かぎ	鍵
飯店房卡	カードキー	カードキー
大廳	ロビー	ロビー
送餐服務	ルームサービス	ルームサービス
叫醒服務	モーニングコール	モーニングコール
洗衣服務	ランドリーサービス	ランドリーサービス
投幣式洗衣機	コインランドリー	コインランドリー

自助餐	ビュッフェ	ビュッフェ
含早餐	ちょうしょくつき	朝食付き
不含早餐	ちょうしょくなし	朝食無し
含早晚餐	にしょくつき	二食付き
兩天一夜	いっぱくふつか	一泊二日

游泳 相關用語 依中文｜唸法（平假名／片假名）｜寫法（漢字）排列

MP3 7-09-02

游泳	すいえい	水泳
泳衣	みずぎ	水着
泳褲	すいえいパンツ	水泳パンツ
泳鏡	ゴーグル	ゴーグル
泳帽	すいえいぼう	水泳帽
浸在水裡	みずにつかる	水に浸かる
閉氣	いきをとめる	息を止める
漂浮	うく	浮く
浮板	ビートばん	ビート板
打水	バタあし	バタ足
打直	のばす	伸ばす

彎曲	まげる	曲げる
換氣	いきつぎ	息継ぎ
吸氣	いきをすう	息を吸う
吐氣	いきをはく	息を吐く
揮手	てをかく	手を掻く
跳水	とびこむ	飛び込む
折返	おりかえす	折り返す
輔助	ほじょ	補助
水阻	みずのていこう	水の抵抗
自由式	クロール	クロール
蛙式	ひらおよぎ	平泳ぎ
仰式	せおよぎ	背泳ぎ
蝶式	バタフライ	バタフライ
海豚式踢腿	ドルフィンキック	ドルフィンキック
巴薩羅游法（仰式海豚踢）	バサロ	バサロ

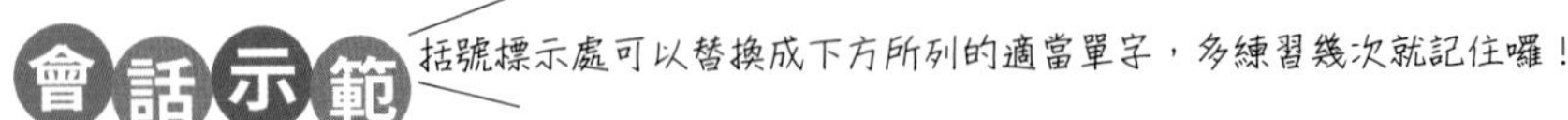
會話示範
括號標示處可以替換成下方所列的適當單字，多練習幾次就記住囉！

松本愛理（まつもとあいり）
ホテル、やっぱり【朝食付（ちょうしょくつ）き】①にしてよかったね。
飯店選擇【附早餐】果然是正確的。

松本佑太（まつもとゆうた）
あぁ。ゆっくりできたな。
是啊，能夠好好休息。

松本愛理（まつもとあいり）
まだチェックアウトまで時間（じかん）あるね。どうする？
離退房還有一點時間，現在要做什麼？

松本佑太（まつもとゆうた）
もう一回（いっかい）、屋上（おくじょう）のプールへ行（い）きたいな。
我想再去一次屋頂游泳池。

松本愛理（まつもとあいり）
好（す）きねぇ。私（わたし）、あんまり泳（およ）げないからなぁ。
你真愛游泳。我游泳不太行。

松本佑太（まつもとゆうた）
【クロール】②、教（おし）えてあげようか。
我教妳【自由式】吧。

可替換字詞

① 二食付（にしょくつ）き、一泊二日（いっぱくふつか）（附兩餐、兩天一夜）

② 平泳（ひらおよ）ぎ、背泳（せおよ）ぎ、バタフライ（蛙式、仰式、蝶式）

10

温泉(おんせん)、気持(きも)ちよかったね。

溫泉好舒服。

溫泉好舒服，
穿浴衣讓我好感動。
對啊。
但我有點頭暈，
可能泡太久了。

溫泉旅館 相關用語 依中文｜唸法（平假名／片假名）｜寫法（漢字）排列

MP3 7-10-01

溫泉	おんせん	温泉(おんせん)
旅館	りょかん	旅館(りょかん)
浴衣	ゆかた	浴衣(ゆかた)

腰帶	おび	帯
綁	むすぶ	結ぶ
棉袍	たんぜん	丹前
木屐	げた	下駄
竹皮屐	せった	雪駄
置物櫃	ロッカー	ロッカー
籃子	かご	籠
脫	ぬぐ	脱ぐ
更衣室	だついじょ	脱衣所
裸體	はだか	裸
布手巾	てぬぐい	手拭
沖熱水	かけゆ	かけ湯
浴池	ゆぶね	湯船
泡	つかる	浸かる
包場	かしきり	貸し切り
露天浴池	ろてんぶろ	露天風呂
男女共浴	こんよく	混浴
溫泉水	おんせんすい	温泉水
非循環式溫泉水	かけながし	掛け流し

功效	こうのう	効能（こうのう）
泡溫泉治病	とうじ	湯治（とうじ）
頭暈	のぼせる	逆上（のぼ）せる
泡久了不舒服	ゆあたり	湯中（ゆあた）り

散步 相關用語 依中文｜唸法（平假名／片假名）｜寫法（漢字）排列

MP3 7-10-02

散步	さんぽ	散歩（さんぽ）
走	あるく	歩（ある）く
緩緩地	ゆっくり	ゆっくり
運動	うんどう	運動（うんどう）
健康	けんこう	健康（けんこう）
放鬆	リラックス	リラックス
每天	まいにち	毎日（まいにち）
習慣	しゅうかん	習慣（しゅうかん）
姿勢	しせい	姿勢（しせい）
節食	ダイエット	ダイエット
計步器	まんぽけい	万歩計（まんぽけい）
狗	いぬ	犬（いぬ）

帶領	つれる	連れる
牽繩	リード	リード
項圈	くびわ	首輪
傍晚乘涼	ゆうすずみ	夕涼み
漫步	そぞろあるき	漫ろ歩き
快走	はやあるき	早歩き
氣喘吁吁	いきぎれ	息切れ
肌肉痠痛	きんにくつう	筋肉痛
伸展操	ストレッチ	ストレッチ
按摩	マッサージ	マッサージ
暖身運動	じゅんびうんどう	準備運動
有氧運動	ゆうさんそうんどう	有酸素運動

括號標示處可以替換成下方所列的適當單字，多練習幾次就記住囉！

佐藤真波（さとうまなみ）：温泉、気持ちよかったね。

溫泉好舒服。

シンディ・バートン はい。【浴衣(ゆかた)が着(き)れて】①感激(かんげき)です。

是啊，能夠【穿浴衣】讓我好感動。

佐藤真波(さとうまなみ) そうだね。でも、のぼせちゃった。

ちょっと浸(つ)かりすぎたなぁ。

沒錯。但我有點頭暈。可能有點泡太久了。

シンディ・バートン じゃあ、【散歩(さんぽ)でもし】②ましょうか。

那我們去【散散步】吧。

佐藤真波(さとうまなみ) うん。そうしよう。その前(まえ)に、コーヒー牛乳(ぎゅうにゅう)買ってくるね。

好，就這麼做吧。不過在那之前，我先去買咖啡牛奶。

可替換字詞

① 下駄(げた)が履(は)けて、貸(か)し切(き)りできて、露天風呂(ろてんぶろ)に入(い)れて、かけ流(なが)しできて

（穿木屐、包場、泡露天溫泉、泡非循環式溫泉）

② 外(そと)をゆっくり歩(ある)き、夕涼(ゆうすず)みし

（外頭走一走、傍晚乘涼）

11

空港(くうこう)もすごく混(こ)んでるね。

機場也到處都是人。

飛機 相關用語 依中文｜唸法（平假名／片假名）｜寫法（漢字）排列

MP3 7-11-01

飛機	ひこうき	飛行機(ひこうき)
搭	のる	乗(の)る
機票	チケット	チケット

票價	チケットだい	チケット代
稅金	ぜいきん	税金
座位	ざせき	座席
艙等	クラス	クラス
經濟艙	エコノミークラス	エコノミークラス
商務艙	ビジネスクラス	ビジネスクラス
頭等艙	ファーストクラス	ファーストクラス
單程	かたみち	片道
來回	おうふく	往復
去程	おうろ	往路
回程	ふくろ	復路
直飛航班	ちょっこうびん	直行便
轉機	のりつぎ	乗り継ぎ
網路訂票	インターネットよやく	インターネット予約
準時	ていこく	定刻
延誤	ちえん	遅延
停飛	けっこう	欠航
報到	チェックイン	チェックイン
登機證	とうじょうけん	搭乗券

手提行李	てにもつ	手荷物 てにもつ
另外付費	べっとりょうきん	別途料金 べっとりょうきん
託運行李	にもつをあずける	荷物を預ける にもつ　あず
指定座位	ざせきしてい	座席指定 ざせきしてい

休息 相關用語 依中文｜唸法（平假名／片假名）｜寫法（漢字）排列

MP3
7-11-02

休息	やすみ	休み やす
休假	きゅうか	休暇 きゅうか
休養	きゅうよう	休養 きゅうよう
休假日	きゅうじつ	休日 きゅうじつ
節日	しゅくじつ	祝日 しゅくじつ
曠課／蹺班	ずるやすみ	ずる休み やす
午休	ひるやすみ	昼休み ひるやす
休息時間	きゅうけいじかん	休憩時間 きゅうけいじかん
連休	れんきゅう	連休 れんきゅう
三連休	さんれんきゅう	三連休 さんれんきゅう
大型連休	おおがたれんきゅう	大型連休 おおがたれんきゅう
中間夾上班日的連續假日	とびいしれんきゅう	飛び石連休 と　　　いしれんきゅう

休息

國定節日	こくみんのしゅくじつ	国民の祝日
暑假	なつやすみ	夏休み
寒假	ふゆやすみ	冬休み
春假	はるやすみ	春休み
黃金週	ゴールデンウィーク	ゴールデンウィーク
假日上班	きゅうじつしゅっきん	休日出勤
假日不休息	きゅうじつへんじょう	休日返上
補假	ふりかえきゅうじつ	振替休日
公休日	ていきゅうび	定休日
臨時店休	りんじきゅうぎょう	臨時休業
請假	やすみをとる	休みを取る
休假結束	やすみがあける	休みが明ける
塞車	じゅうたい	渋滞
人群	ひとごみ	人込み

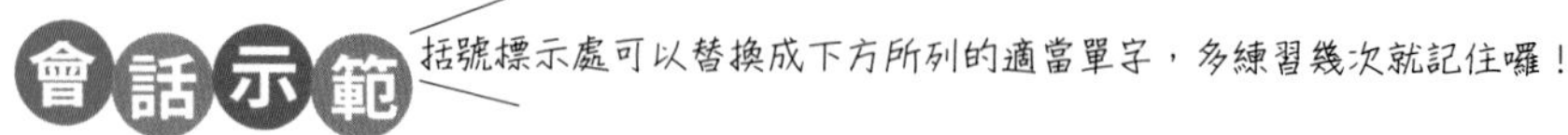
會話示範
括號標示處可以替換成下方所列的適當單字，多練習幾次就記住囉！

松本愛理（まつもとあいり）　やっぱり【祝日（しゅくじつ）】①だからか、空港（くうこう）もすごく混（こ）んでるね。

畢竟是【假日】，果然機場到處都是人。

松本佑太（まつもとゆうた）　そうだな。よく【チケット】②とれたもんだよ。

是啊，幸好還有【票】。

松本愛理（まつもとあいり）　うん。よかった。あー、旅行（りょこう）は冬休（ふゆやす）み以来（いらい）だから楽（たの）しみ！

嗯，真是太好了。啊～從寒假之後就沒有旅行了，我好期待！

松本佑太（まつもとゆうた）　じゃ、そろそろチェックインしようか。

好了，差不多該登機了。

可替換字詞

① 連休（れんきゅう）、三連休（さんれんきゅう）、大型連休（おおがたれんきゅう）、夏休（なつやす）み、ゴールデンウイーク

（連假、三連假、多天連假、暑假、黃金週）

② 座席（ざせき）、直行便（ちょっこうびん）

（座位、直飛航班）

12

空気(くうき)がおいしかった！

空氣好新鮮！

爬山比想像還累，
但整個人恢復精神了。
嗯，真是個寶貴經驗。

火車 相關用語 依中文｜唸法（平假名／片假名）｜寫法（漢字）排列

MP3 7-12-01

火車	でんしゃ	電車(でんしゃ)
車站	えき	駅(えき)
車票	きっぷ	切符(きっぷ)

剪票	かいさつ	改札
月票	ていき	定期
月台	ホーム	ホーム
站務員	えきいん	駅員
列車長	しゃしょう	車掌
驗票	けんさつ	検札
車廂	しゃりょう	車両
售票機	けんばいき	券売機
儲值	チャージ	チャージ
時刻表	じこくひょう	時刻表
高鐵	しんかんせん	新幹線
捷運	エムアールティー	ＭＲＴ
地鐵	ちかてつ	地下鉄
特快列車	とっきゅうれっしゃ	特急列車
臥鋪火車	しんだいれっしゃ	寝台列車
磁浮列車	リニアモーターカー	リニアモーターカー
蒸汽火車	きしゃ	汽車
對號座	していせき	指定席
自由座	じゆうせき	自由席

換車	のりかえる	乗り換える
坐過站	のりこす	乗り越す
搭錯車	のりまちがえる	乗り間違える
尖峰時段	ラッシュアワー	ラッシュアワー

爬山 相關用語 依中文｜唸法（平假名／片假名）｜寫法（漢字）排列

MP3 7-12-02

爬山	やまのぼり	山登り
後背包	リュックサック	リュックサック
水壺	すいとう	水筒
指南針	ほういじしゃく	方位磁石
地圖	ちず	地図
登山鞋	とざんぐつ	登山靴
換洗衣物	きがえ	着替え
雨衣	かっぱ	合羽
山路	やまみち	山道
坡道	さかみち	坂道
獸徑	けものみち	獣道
（坡度）陡	きゅう	急

（坡度）緩	ゆるい	緩い
上坡	のぼりざか	上り坂
下坡	くだりざか	下り坂
帳篷	テント	テント
睡袋	ねぶくろ	寝袋
露營	のじゅく	野宿
山頂	いただき	頂
山腳	ふもと	麓
山腰	ちゅうふく	中腹
山谷	たに	谷
山脊	おね	尾根
山路最高點	とうげ	峠
山中小屋	やまごや	山小屋
小心落石	らくせきちゅうい	落石注意

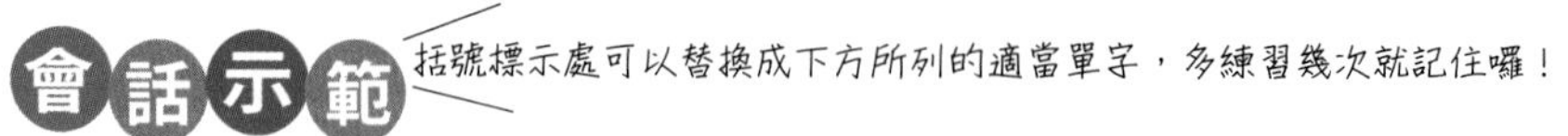

山登り、楽しかったね。空気がおいしかった！

爬山好快樂。空氣好新鮮！

山田広輝（やまだこうき）　そうだね。思(おも)ったより【山道(やまみち)】①は大変(たいへん)だったけど、リフレッシュできたな。

是啊。雖然【爬山路】比想像還累，但整個人恢復精神了。

木下加恋（きのしたかれん）　うん。いい経験(けいけん)になったなぁ。

嗯，真是個寶貴經驗。

山田広輝（やまだこうき）　疲(つか)れたし、帰(かえ)りは【新幹線(しんかんせん)】②にしようか。

既然累了，回程搭【新幹線】吧。

木下加恋（きのしたかれん）　賛成(さんせい)！あっちの券売機(けんばいき)で買(か)ってくるね。

贊成！我去那邊的售票機買票。

可替換字詞

① 上(のぼ)り坂(ざか)、下(くだ)り坂(ざか)、山小屋(やまごや)で寝(ね)るの

（爬上坡、走下坡、睡在山中小屋）

② 特急列車(とっきゅうれっしゃ)、寝台列車(しんだいれっしゃ)、指定席(していせき)

（特快車、臥鋪列車、對號座）

PART 8
顏色和自然

1

真(ま)っ黒(くろ)じゃない。

看起來好黑。

妳那個朋友……
該不會是初戀情人吧？
這是朋友送我的布偶，
雖然髒了，
還是捨不得丟。

白色 相關用語 依中文｜唸法（平假名／片假名）｜寫法（漢字）排列

MP3
8-01-01

白色	しろいろ	白色(しろいろ)
北極熊	しろくま	白熊(しろくま)
白紙	はくし	白紙(はくし)

白線	はくせん	白線
白沙海灘	しらはま	白浜
蛋白	しろみ	白身
勝利	しろぼし	白星
變白	しらむ	白む
白髮	しらが	白髪
頭髮斑白	しらがまじり	白髪混じり
九十九歲	はくじゅ	白寿
純白	まっしろ	真っ白
顏色較淺	しろっぽい	白っぽい
沒喝醉的樣子	しらふ	素面
外行人	しろうと	素人
裝糊塗	しらんぷり	知らんぷり
佯裝不知	しらをきる	白を切る
睜眼說瞎話	しらじらしいうそ	白々しい嘘
掃興	しらける	白ける
坦白	はくじょう	白状
熟睡	しらかわよふね	白河夜船
弄清是非對錯	しろくろつける	白黒つける

白色

翻白眼	しろめをむく	白目を剥く
冷眼看待	しろいめでみる	白い目で見る
萬中選一	しらはのやをたてる	白羽の矢を立てる

黑色 相關用語 依中文｜唸法（平假名／片假名）｜寫法（漢字）排列

MP3 8-01-02

黑色	くろいろ	黒色
黑髮	くろかみ	黒髪
焦黑	くろこげ	黒焦げ
烏雲	あまぐも	雨雲
烏鴉	カラス	カラス
盈餘	くろじ	黒字
敗北	くろぼし	黒星
幕後操縱者	くろまく	黒幕
黑眼珠	くろめ	黒目
眼珠又黑又大	くろめがち	黒目勝ち
暗	くらい	暗い
影子	かげ	影
黑夜	やみよ	闇夜

黑市	やみいち	闇市
曬黑	ひやけ	日焼け
黑亮	くろびかり	黒光り
內行人	くろうと	玄人
壞心腸	はらぐろい	腹黒い
還活著時	めのくろいうち	目の黒いうち
發黑	くろずむ	黒ずむ
顏色較深	くろっぽい	黒っぽい
又黑又濁	どすぐろい	どす黒い
黑漆漆	まっくろ	真っ黒
伸手不見五指	まっくら	真っ暗
前途渺茫	おさきまっくら	お先真っ暗
黑壓壓的人群	くろやまのひとだかり	黒山の人だかり

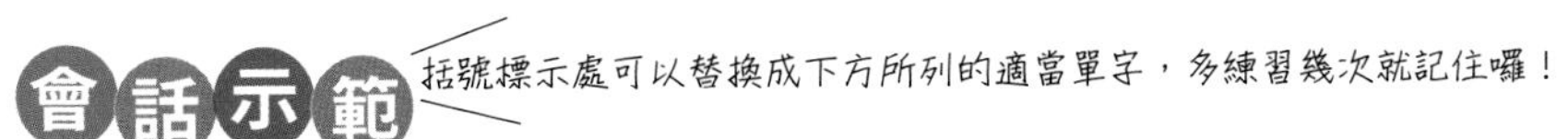

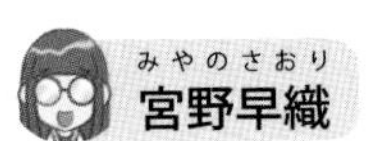

加恋、それ何？くまのぬいぐるみ？

加戀，那是什麼？熊的布偶？

木下加恋：うん。これ、元は【真っ白いくま】①だったんだよ。

嗯，這原本是一隻【純白的熊】。

宮野早織：ほんとに？【真っ黒】②じゃない。

真的嗎？可是看起來【好黑】。

木下加恋：小さい頃、友達にもらったものだから、
汚れちゃっても愛着があってね。

這是小時候朋友送我的布偶，就算髒了，還是捨不得丟。

宮野早織：そうなんだ。友達って……もしかして初恋の人？

原來如此。妳那個朋友……該不會是初戀情人吧？

木下加恋：……

……

宮野早織：白状しなさーい！

給我從實招來！

可替換字詞

① 白熊、白っぽかったくま（白熊、接近白色的熊）

② 黒色、黒ずんでいる、日焼けしている（是黑的、黑黝黝、曬黑了一樣）

2

きれいな夕焼(ゆうや)けだね。

好美的夕陽。

好美的夕陽。
那叫什麼顏色啊？
朱紅色吧。你的臉
也變成同樣顏色了。

紅色 相關用語 依中文｜唸法（平假名／片假名）｜寫法（漢字）排列

MP3
8-02-01

紅色	あかいろ	赤色（あかいろ）
赤字	あかじ	赤字（あかじ）
分數不及格	あかてん	赤点（あかてん）

嬰兒	あかちゃん	赤ちゃん
瘦肉	あかみ	赤身
做鬼臉	あっかんベー	あっかんベー
黎明	あかつき	暁
晚霞	ゆうやけ	夕焼け
泛紅	あかみがさす	赤みが差す
臉紅	かおがあかくなる	顔が赤くなる
面紅耳赤	かおをあからめる	顔を赤らめる
紅燈	あかしんごう	赤信号
小紅帽	あかずきんちゃん	赤頭巾ちゃん
陌生人	あかのたにん	赤の他人
紅豆	あずき	小豆
紅葉	もみじ / こうよう	紅葉 / 紅葉
口紅	くちべに	口紅
紅色印泥	しゅにく	朱肉
朱紅色	しゅいろ	朱色
暗紅色	あかねいろ	茜色
鮮紅色	まっか	真っ赤
純屬謊言	まっかなうそ	真っ赤な嘘

出大醜	あかっぱじ	赤っ恥
氣到滿臉通紅	まっかになっておこる	真っ赤になって怒る
近朱者赤	しゅにまじわればあかくなる	朱に交われば赤くなる

藍色 相關用語 依中文｜唸法（平假名／片假名）｜寫法（漢字）排列

MP3
8-02-02

藍色	あおいろ	青色
深藍色	あいいろ	藍色
淡藍色	みずいろ	水色
藏青色	こんいろ	紺色
藍天	あおぞら	青空
仰姿	あおむけ	仰向け
蔚藍／鐵青	まっさお	真っ青
綠色蔬菜	あおな	青菜
蔬菜	あおもの	青物
嫩葉	あおば	青葉
綠色	みどりいろ	緑色
綠燈	あおしんごう	青信号
青蘋果	あおりんご	青林檎

綠油油	あおあお	青々
烏黑亮麗的頭髮	みどりのくろかみ	緑の黒髪
露天市場	あおぞらいちば	青空市場
藍圖	あおじゃしん	青写真
臉色發白	あおざめる	青褪める
蒼白的臉	あおじろいかお	青白い顔
氣得青筋暴露	あおすじをたてる	青筋を立てる
汪洋大海	あおうなばら	青海原
無上限增加	あおてんじょう	青天井
無精打采	あおなにしお	青菜に塩
長吁短嘆	あおいきといき	青息吐息
幼稚	あおくさい	青臭い

括號標示處可以替換成下方所列的適當單字，多練習幾次就記住囉！

あっ、見て。きれいな夕焼けだね。

啊，你看。好美的夕陽。

藍色

ほんとだ。何て名前の色だろう。

真的耶。那叫什麼顏色啊？

【朱色】①、かな。川村くんの顔も、同じ色になってる。

【朱紅色】吧。川村，你的臉也變成同樣顏色了。

宮野さんもね。明日もきっといい天気だな。

宮野，妳也是。明天一定也是好天氣。

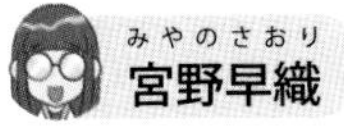

もう夜だな。空、真っ暗じゃない。【藍色】②っていうのかな。

已經入夜了，但是天空並不漆黑，那是【藍色】嗎？

宮野早織

うん。私、この色も好きだわ。

嗯，這個顏色我也很喜歡。

可替換字詞

① 茜色（暗紅色）

② 紺色（藏青色）

3

すごい風（かぜ）だね。

好可怕的風。

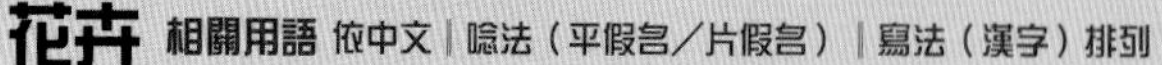

花卉 相關用語 依中文｜唸法（平假名／片假名）｜寫法（漢字）排列

MP3
8-03-01

花朵	はな	花（はな）
一朵	いちりん	一輪（いちりん）
綻放	さく	咲（さ）く

花苞	つぼみ	蕾（つぼみ）
花瓣	はなびら	花（はな）びら
花海	はなばたけ	花畑（はなばたけ）
花園	はなぞの	花園（はなぞの）
盛開	まんかい	満開（まんかい）
玫瑰花	ばら	薔薇（ばら）
百合花	ゆり	百合（ゆり）
波斯菊	コスモス	秋桜（コスモス）
向日葵	ひまわり	向日葵（ひまわり）
油菜花	なのはな	菜（な）の花（はな）
繡球花	あじさい	紫陽花（あじさい）
薰衣草	ラベンダー	ラベンダー
茉莉花	ジャスミン	ジャスミン
蝴蝶蘭	こちょうらん	胡蝶蘭（こちょうらん）
花盆	うえきばち	植木鉢（うえきばち）
栽種	うえる	植（う）える
花束	はなたば	花束（はなたば）
花瓶	かびん	花瓶（かびん）
小花瓶	いちりんざし	一輪挿（いちりんざ）し

插	いける	生ける
莖	くき	茎
斜剪	ななめにきる	斜めに切る
換水	みずをかえる	水を換える

風 相關用語 依中文｜唸法（平假名／片假名）｜寫法（漢字）排列

MP3
8-03-02

風	かぜ	風
微風	そよかぜ	微風
大風	きょうふう	強風
夜風	よかぜ	夜風
海風	しおかぜ	潮風
旋風	つむじかぜ	旋風
龍捲風	たつまき	竜巻
暴風	ぼうふう	暴風
颱風	たいふう	台風
春天的第一道南風	はるいちばん	春一番
秋末的寒風	こがらし	木枯らし
山上颳來的風	やまおろし	山おろし

一陣風	いちじんのかぜ	一陣の風
風平浪靜	なぎ	凪
順風	おいかぜ	追い風
逆風	むかいかぜ	向かい風
起風	かぜがでる	風が出る
颳風	かぜがふく	風が吹く
用吹風機吹	ドライヤーをかける	ドライヤーをかける
風停	かぜがやむ	風が止む
隨風輕搖	かぜにそよぐ	風にそよぐ
隨風飄揚	かぜにはためく	風にはためく
風向	かざむき	風向き
迎風方向	かざかみ	風上
背風方向	かざしも	風下
放風箏	たこあげ	凧揚げ

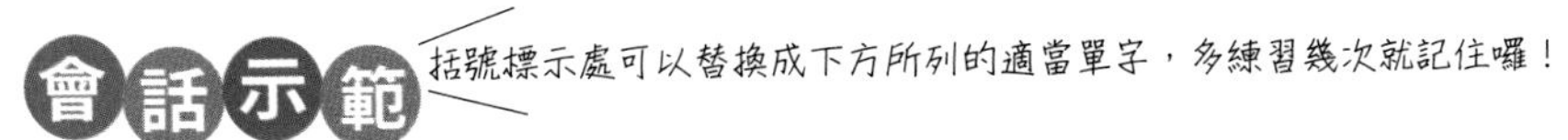

お母(かあ)さん、すごい【風(かぜ)】①だね。

媽媽，好可怕的【風】。

風

台風(たいふう)が近付(ちかづ)いてるみたいよ。庭(にわ)の【花(はな)】②、せっかくきれいに咲(さ)いたのに、散(ち)ってしまったら残念(ざんねん)ね……。

好像有颱風要來了。

庭院的【花】難得開得那麼美，要是謝了真是可惜……

木下加恋(きのしたかれん)

もっと風(かぜ)が出(で)る前(まえ)に、今(いま)から少(すこ)しだけ取(と)ってきて花瓶(かびん)に生(い)けようか。

在風變得更強之前，趁現在摘一些放在花瓶裡吧？

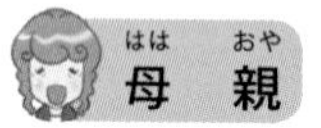

それ、いい考(かんが)えね！

真是好主意！

可替換字詞

① すごい強風(きょうふう)、夜風(よかぜ)、暴風(ぼうふう)

（好大的風、晚風、暴風）

② 薔薇(ばら)、百合(ゆり)、秋桜(コスモス)、向日葵(ひまわり)

（玫瑰、百合、波斯菊、向日葵）

4

雨（あめ）がぱらぱら降（ふ）ってる。

雨啪搭啪搭地下起來了。

雖然我這把傘有點小，一起撐著到車站吧？
雨好大。忘了看天氣預報，沒帶到傘。

雨 相關用語 依中文｜唸法（平假名／片假名）｜寫法（漢字）排列

MP3 8-04-01

雨	あめ	雨（あめ）
雨傘	かさ	傘（かさ）
雨衣	かっぱ	合羽（かっぱ）

雨鞋	ながぐつ	長靴
毛毛雨	きりさめ	霧雨
小雨	こさめ	小雨
大雨	おおあめ	大雨
豪雨	ごうう	豪雨
傾盆大雨	どしゃぶり	土砂降り
久雨	ながあめ	長雨
陣雨	にわかあめ	俄雨
午後雷陣雨	ゆうだち	夕立
太陽雨	きつねのよめいり	狐の嫁入り
下雨	あめがふる	雨が降る
啪搭啪搭	ぱらぱら	ぱらぱら
淅淅瀝瀝	しとしと	しとしと
嘩啦嘩啦	ざあざあ	ざあざあ
雨停	あめがあがる	雨が上がる
雨後	あめあがり	雨上がり
烏雲	あまぐも	雨雲
雨點	あまつぶ	雨粒
春雨	はるさめ	春雨

梅雨	つゆ	梅雨（つゆ）
秋雨	あきさめ	秋雨（あきさめ）
晚秋冷雨	しぐれ	時雨（しぐれ）
晴天娃娃	てるてるぼうず	照る照る坊主（てるてるぼうず）

氣溫 相關用語 依中文｜唸法（平假名／片假名）｜寫法（漢字）排列

MP3 8-04-02

氣溫	きおん	気温（きおん）
熱	あつい	暑（あつ）い
暑氣	あつさ	暑（あつ）さ
溫暖	あたたかい	暖（あたた）かい
暖和	ぬくい	温（ぬく）い
暖洋洋	ぽかぽかする	ぽかぽかする
溫溫的	なまあたたかい	生暖（なまあたた）かい
悶	むっとする	むっとする
悶熱	むしあつい	蒸（む）し暑（あつ）い
酷熱	あつくるしい	暑苦（あつくる）しい
太熱	あつすぎる	暑（あつ）すぎる
酷暑	もうしょ	猛暑（もうしょ）

灼熱	しゃくねつ	灼熱
炙熱	やけつくようにあつい	焼けつくように暑い
涼快	すずしい	涼しい
陰涼	ひんやりする	ひんやりする
冷	さむい	寒い
寒氣	さむさ	寒さ
冷冷的	はだざむい	肌寒い
太冷	さむすぎる	寒すぎる
冷得刺骨	そこびえする	底冷えする
剛剛好	ちょうどいい	丁度いい
舒服	きもちいい	気持ちいい
濕氣	しっけ	湿気
潮濕	しめっぽい	湿っぽい
乾燥	かんそう	乾燥

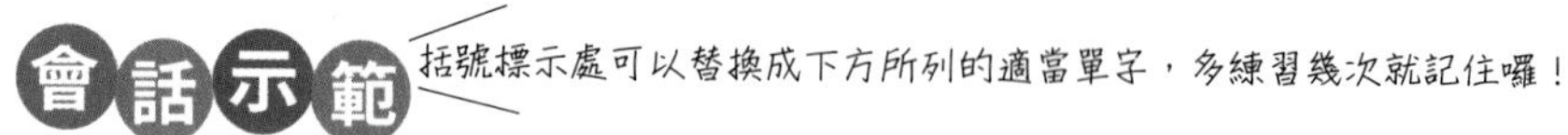

川村君、見て。雨が【ぱらぱら】①降ってる。

川村，你看。雨【啪搭啪嗒】地下起來了。

氣溫

ほんとだ。どおりで【蒸(む)し暑(あつ)い】②はずだ。

真的耶，難怪這麼【悶熱】。

傘(かさ)、持(も)ってきた？

有沒有帶傘？

ううん、忘(わす)れた。今日(きょう)、天気予報見忘(てんきよほうみわす)れてさ。

沒有，忘了。今天我忘記看天氣預報。

この傘(かさ)、ちょっと小(ちい)さいけど、駅(えき)までいっしょに入(はい)って帰(かえ)る？

雖然我這把傘有點小，一起撐著到車站吧？

可替換字詞

① しとしと、ざあざあ

（淅淅瀝瀝、嘩啦嘩啦）

② むっとする、ひんやりする、肌寒(はださむ)い

（悶、陰涼、冷冷的）

5

夜(よる)にはいい天気(てんき)になってよかった。

幸好晚上天氣放晴了。

白天下冰雹不能滑雪，
幸好晚上天氣放晴了。
其實妳真正期待的
是看星星吧。

雪 相關用語 依中文｜唸法（平假名／片假名）｜寫法（漢字）排列

MP3 8-05-01

雪	ゆき	雪(ゆき)
冰霰	あられ	霰(あられ)
冰雹	ひょう	雹(ひょう)

帶雪的雨	みぞれ	霙
暴風雪	ふぶき	吹雪
多雪的地方	ゆきぐに	雪国
積雪道路	ゆきみち	雪道
雪人	ゆきだるま	雪だるま
雪屋	かまくら	かまくら
雪仗	ゆきがっせん	雪合戦
凍傷	しもやけ	霜焼け
下雪	ゆきがふる	雪が降る
積雪	ゆきがつもる	雪が積もる
融雪	ゆきがとける	雪が溶ける
除雪	ゆきかき	雪掻き
雪崩	なだれ	雪崩
滑雪	スキー	スキー
滑雪板	スキーいた	スキー板
滑雪鞋	スキーブーツ	スキーブーツ
雪杖	ストック	ストック
護目鏡	ゴーグル	ゴーグル
單板滑雪	スノーボード	スノーボード

雪橇	そり	橇
滑雪場	ゲレンデ	ゲレンデ
吊椅	リフト	リフト
纜車	ゴンドラ	ゴンドラ

星空 相關用語 依中文｜唸法（平假名／片假名）｜寫法（漢字）排列

MP3 8-05-02

太空	うちゅう	宇宙
星星	ほし	星
月亮	つき	月
太陽	たいよう	太陽
地球	ちきゅう	地球
銀河	ぎんが	銀河
星座	せいざ	星座
星空	ほしぞら	星空
群星	ほしくず	星屑
星光	ほしあかり	星明り
閃爍	またたく	瞬く
流星	ながれぼし	流れ星

流星	りゅうせい	流星
彗星	ほうきぼし	箒星
彗星	すいせい	彗星
隕石	いんせき	隕石
天河	あまのがわ	天の川
太空人	うちゅうひこうし	宇宙飛行士
太空船	うちゅうせん	宇宙船
火箭	ロケット	ロケット
外星人	うちゅうじん	宇宙人
飛碟	ユーフォー	UFO
天象儀	プラネタリウム	プラネタリウム
天文望遠鏡	てんたいぼうえんきょう	天体望遠鏡
光年	こうねん	光年
黑洞	ブラックホール	ブラックホール

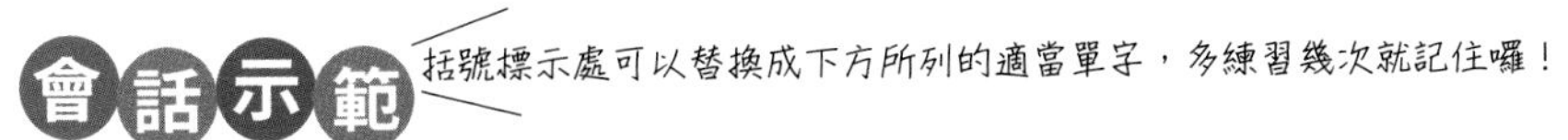
會話示範
括號標示處可以替換成下方所列的適當單字，多練習幾次就記住囉！

やまだこうき
山田広輝

せっかくゲレンデに来(き)たのに、【雹(ひょう)で】①スキーできなくて残念(ざんねん)だったね。

特地來到滑雪場，卻因為【下冰雹】而不能滑雪，真是可惜。

そうだね。でも、夜（よる）にはいい天気（てんき）になってよかった。

是啊。幸好晚上天氣放晴了。

加恋（かれん）は【星（ほし）】②を見（み）るほうが楽（たの）しみにしてたもんな。

加恋，妳真正期待的是看【星星】吧。

木下加恋（きのしたかれん）

うん。天体望遠鏡（てんたいぼうえんきょう）、持（も）ってきて正解（せいかい）だった！

あ、流（なが）れ星（ぼし）！

嗯，帶天體望遠鏡果然是正確的決定！

啊，有流星！

可替換字詞

① 霰（あられ）で、吹雪（ふぶき）で、雪崩（なだれ）で、雪（ゆき）が溶（と）けていて

（下冰霰、暴風雪、雪崩、雪融了）

② 月（つき）、星座（せいざ）、星空（ほしぞら）

（月亮、星座、星空）

6

私(わたし)、昆虫(こんちゅう)って苦手(にがて)なの……

我怕昆蟲……

你看，那隻貓
捲起身子在睡覺。
真的耶。啊，醒了！

貓 相關用語 依中文｜唸法（平假名／片假名）｜寫法（漢字）排列

MP3 8-06-01

貓咪	ねこ	猫(ねこ)
白貓	しろねこ	白猫(しろねこ)
黑貓	くろねこ	黒猫(くろねこ)

花貓	みけねこ	三毛猫
小貓	こねこ	子猫
斑紋	ぶち	斑
條紋	しま	縞
鬍鬚	ひげ	髭
爪子	つめ	爪
磨	とぐ	研ぐ
抓	ひっかく	引っ掻く
肉墊	にくきゅう	肉球
叫聲	なきごえ	鳴き声
喵喵	ニャーニャー	ニャーニャー
舔	なめる	舐める
蜷曲	まるまる	丸まる
尿	おしっこ	おしっこ
糞便	ふん	糞
貓砂盆	ねこようトイレ	猫用トイレ
貓砂	ねこずな	猫砂
除臭	しょうしゅう	消臭
摸	なでる	撫でる

抱	だく	抱く（だ）
疼愛	かわいがる	可愛がる（かわい）
玩耍	じゃれる	じゃれる
逗貓棒	ねこじゃらし	猫じゃらし（ねこ）

昆蟲 相關用語 依中文｜唸法（平假名／片假名）｜寫法（漢字）排列

MP3 8-06-02

昆蟲	こんちゅう	昆虫（こんちゅう）
蟲	むし	虫（むし）
蝴蝶	ちょう	蝶（ちょう）
蛾	が	蛾（が）
鳳蝶	あげはちょう	揚羽蝶（あげはちょう）
白粉蝶	もんしろちょう	紋白蝶（もんしろちょう）
瓢蟲	てんとうむし	天道虫（てんとうむし）
蝗蟲	バッタ	バッタ
蟋蟀	コオロギ	コオロギ
螳螂	カマキリ	カマキリ
蜻蜓	とんぼ	蜻蛉（とんぼ）
蟬	せみ	蝉（せみ）

螢火蟲	ほたる	蛍
螞蟻	あり	蟻
蜂	はち	蜂
蜜蜂	みつばち	蜜蜂
獨角仙	かぶとむし	甲虫
鍬形蟲	くわがた	鍬形
幼蟲	ようちゅう	幼虫
青蟲	いもむし	芋虫
毛毛蟲	けむし	毛虫
蟲蛹	さなぎ	蛹
蠶	かいこ	蚕
蠶繭	まゆ	繭
益蟲	えきちゅう	益虫
害蟲	がいちゅう	害虫
蚊子	か	蚊
（蚊子的）口器	ストロー	ストロー
叮	さす	刺す
被叮	さされる	刺される
被咬	かまれる	噛まれる

腫	はれる	腫(は)れる
癢	かゆい	痒(かゆ)い
抓	かく	掻(か)く
耳邊	みみもと	耳元(みみもと)
嗡嗡聲	はおと	羽音(はおと)
吵鬧	うるさい	煩(うるさ)い
拍	たたく	叩(たた)く
逃	にげる	逃(に)げる
止癢藥	かゆみどめ	痒(かゆ)み止(ど)め
塗抹	ぬる	塗(ぬ)る
防蟲	むしよけ	虫除(むしよ)け
噴液	スプレー	スプレー
噴	かける	かける
蚊帳	かや	蚊帳(かや)
吊	つる	吊(つ)る
蚊香	かとりせんこう	蚊取(かと)り線香(せんこう)
點火	ひをつける	火(ひ)を点(つ)ける
煙霧	けむり	煙(けむり)
血	ち	血(ち)

吸	すう	吸(す)う
吸血鬼	きゅうけつき	吸血鬼(きゅうけつき)

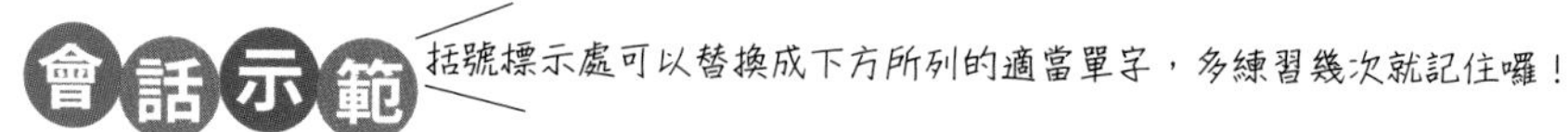

見(み)て、かわいい【猫(ねこ)】①がいるよ。丸(まる)くなって寝(ね)てる。

你看，有一隻好可愛的【貓】，捲起了身子在睡覺。

ほんとだ。あ、起(お)きた！

真的耶。啊，醒了！

【虫(むし)】②を追(お)いかけてるね。

好像是在追【昆蟲】。

近(ちか)くに行(い)ってみようか。

我們走過去看看吧。

私(わたし)、昆虫(こんちゅう)って苦手(にがて)なの……。

我怕昆蟲……

ぼくは、どちらかと言(い)うと猫(ねこ)より昆虫(こんちゅう)のほうが好(す)きかな。

比起貓，其實我更喜歡昆蟲。

可替換字詞

① 白猫（しろねこ）、黒猫（くろねこ）、三毛猫（みけねこ）、子猫（こねこ）

（白貓、黑貓、花貓、小貓）

② 蝶（ちょう）、紋白蝶（もんしろちょう）、天道虫（てんとうむし）、バッタ、コオロギ

（蝴蝶、白粉蝶、瓢蟲、蝗蟲、蟋蟀）

Eurasian Publishing Group
圓神出版事業機構
用心與你對話．網野無限寬廣
如何出版社
Solutions Publishing

www.booklife.com.tw reader@mail.eurasian.com.tw

Happy Languages 157

日語最強相關用語 王可樂教室嚴選！表達力．語彙量一次滿足（附「相關用語」收聽QRCode）

作　　者／王可樂＋原田千春
文字協力／嘉成晴香（會話腳本）＋卓文怡（會話翻譯）
插　　畫／米奇奇
發 行 人／簡志忠
出 版 者／如何出版社有限公司
地　　址／台北市南京東路四段50號6樓之1
電　　話／（02）2579-6600．2579-8800．2570-3939
傳　　真／（02）2579-0338．2577-3220．2570-3636
總 編 輯／陳秋月
主　　編／柳怡如
責任編輯／張雅慧
校　　對／王可樂．原田千春．張雅慧．柳怡如
美術編輯／李家宜
行銷企畫／詹怡慧．曾宜婷
印務統籌／劉鳳剛．高榮祥
監　　印／高榮祥
排　　版／陳采淇
經 銷 商／叩應股份有限公司
郵撥帳號／ 18707239
法律顧問／圓神出版事業機構法律顧問　蕭雄淋律師
印　　刷／龍岡數位文化股份有限公司
2018年10月　初版
2024年2月　6刷

定價 520 元　ISBN ISBN 978-986-136-520-6 版權所有．翻印必究
◎本書如有缺頁、破損、裝訂錯誤，請寄回本公司調換　Printed in Taiwan

蒐集日常生活用得到的單字和短句，
依人情、感情、健康、社會等主題串聯。
初學者打基礎，很輕鬆就能一口氣記住多個單字。
中高級學習者，光是翻閱就開始在腦袋裡寫起日語文章來……

——《日語最強相關用語》

◆ **很喜歡這本書，很想要分享**

圓神書活網線上提供團購優惠，
或洽讀者服務部 02-2579-6600。

◆ **美好生活的提案家，期待為您服務**

圓神書活網 www.Booklife.com.tw
非會員歡迎體驗優惠，會員獨享累計福利！

國家圖書館出版品預行編目資料

日語最強相關用語：王可樂教室嚴選！表達力‧語彙量一次滿足（附「相關用語」收聽QR Code）／王可樂，原田千春 作.
-- 初版. -- 臺北市：如何，2018.10
432 面；17×23公分. --（Happy Languages；157）
ISBN 978-986-136-520-6（附「相關用語」收聽QRCode）
1.日語 2.讀本

803.18　　107014488